KB114780

우울함이
내 개성이라면

내 개성이 우울함이라면

우울한
사람들을 위한
이모르의
그림 처방전

이것은 당신에게 건네는 악수입니다

아직 살아 있어서 반갑습니다. 그림 그리는 크리에이터 이모 르입니다.

책을 내기까지 많은 시간이 걸렸네요. 글을 쓴다는 건 참으로 어렵고 힘든 일인 것 같습니다. 누군가에게는 즐거운 일일지 모 르겠지만, 저는 글을 쓰는 과정이 즐겁기는커녕 굉장히 고통스 러웠습니다. 글감이 잘 떠오르지도 않았고, 문장이 잘 써지지도 않아 중간에 몇 번이고 포기하고 싶었지요. 그런데 어느 순간 이 렇게 글이 많이 쌓여 있더군요.

산다는 것도 마찬가지인 것 같습니다. 저에게 삶은 즐거운 여정이 아니라 괴로움의 연속이었습니다. 마냥 희망을 품고 살아가기엔 현실이 너무나 가혹했습니다. 삶을 산다는 느낌보다 그저 삶을 버텨왔다는 기분입니다. 수많은 시련과 고통을 견디다 보니 어느새 이만큼 나이를 먹었고, 어쩌다 이렇게 살아져 있었습니다.

저는 경계선 인격장애가 있는 사람입니다. 지난날 우울증과 자해, 그리고 극심한 감정 기복을 겪어왔습니다. 정신병원에 두 번 입원을 했었고, 10여 년 동안 정신과 통원 치료를 받고 있습니다. 그러면 사람들은 말합니다. 병원에서 오랫동안 치료를 받았는데 아직도 낫지 않았느냐고.

그러나 우울증은 흔히들 말하는 것처럼 마음의 감기와 같습니다. 감기는 누구나 걸릴 수 있는 질병입니다. 또 면역력이 생긴다고 해서 감기에 안 걸리는 것도 아니죠. 우울증도 똑같습니다. 면역력이 생긴다고 해서 우울증에 안 걸리는 게 아닙니다. 그리고 면역력은 사람에 따라 어느 정도 차이가 있습니다. 날 때부터 면역력이 높은 사람도 있지만, 한없이 약하게 태어나는 사람도 있습니다. 타고나는 부분을 무시할 수 없어요. 그런 측면에서 저는 우울감에 대한 면역력이 애초에 낮게 태어났을 수도 있습니다. 저 말고도 그런 사람은 있을 거고요.

세상에는 수많은 우울증 환자들이 있습니다. 우울증까지는 아니더라도 얕은 우울감으로 인해 소리 없이 고통받는 사람들도 정말 많겠죠. 우울은 계절처럼 돌고 돈다고 생각합니다. 지금 우울하지 않더라도 어느 날 갑자기 이유 모를 우울함이 마음속에 스며드는 순간이 찾아오기도 하니까요. 간혹 그것을 받아들이지 못해 당황스러워하는 사람들이 있습니다. 자존감은 낮아지고, 생각은 부정적으로 바뀌고, 한없이 무기력해지는 자신을 보면서 홀로 괴로워합니다.

그렇다고 누군가에게 쉽게 말하지도 못하죠. 왜냐하면 이 사회가 우울함을 쉽게 보기도 하고, 때론 우울증을 나약함의 반증이라고 무시하기도 하거든요. 제 주변만 봐도 그래요. 조금만 우울하다고 이야기하면 "네가 바쁘게 지내지 않아서 그래.", "의지가 약해서 그래.", "생각을 좀 긍정적으로 바꿔봐."라고, 너무나 쉽게 말합니다.

하지만 우울감을 겪는 사람은 단순히 의지만으로 변할 수 있는 상태가 아닙니다. 내 몸과 정신이 뜻대로 움직여지지 않기 때문에 더욱더 괴로운 것입니다.

지난날, 우울증으로 인해 고통을 겪어오면서 느낀 점이 있습니다. 우울은 부정할 것이 아니라 인정해야 한다는 것입니다. 우울은 제아무리 벗어나려고 발버둥쳐도 벗어날 수 있는 것이 아니었습니다. 오히려 벗어나려 애를 쓰다, 벗어나지 못하는 나 자신에게 한없이 좌절하고 자괴감만 들었습니다.

우울을 계절과도 같다고 이야기했듯이, 우리는 추운 겨울이 오는 것을 막을 수 없습니다. 겨울이 찾아오면 추위가 싫다고 내 멋대로 계절을 바꿀 수는 없지요. 그나마 우리가 할 수 있는 건 겨울이 좀 덜 춥게 느껴지도록 미리 따뜻한 옷과 난로를 꺼내놓는 일입니다. 우울도 마찬가지입니다. 우울감이 찾아왔을 때 좀 덜 괴롭기 위해서 미리 마음에 따뜻한 무언가를 들여놓아야 합니다.

물론, 겨울은 안 추울 수 없습니다. 역시나 우울감이 찾아오면 안 괴로울 수 없습니다. 따뜻한 계절이 찾아오려면 시간이 필요하듯이, 우울에는 좀 더 여유로움이 필요합니다.

우울함을 벗어나는 방법은 저도 모릅니다. 그걸 기대하고 이 책을 펼치셨다면 안타깝게도 죄송한 마음을 전합니다. 그러한 방법이 존재한다면 오히려 제게도 알려줬으면 좋겠습니다. 현재 저에게도 겨울이 찾아와 있거든요.

혹, 겨울이 찾아온 또 다른 누군가가 있다면 악수를 전하고 싶은 마음으로 저는 이 책을 써 내려갔습니다. 혼자 우울해하지 말고 같이 우울해지자고. 우울한데 혼자서 외롭기까지 하면 너무 힘들잖아요. 서로 맞대고 있는 손바닥 사이에서 잠시나마 온기가 피어나길 기대합니다. 그렇다면 당신도 나도 조금 덜 춥지 않을까요? 그리고 헤어질 때쯤 한마디 인사를 할 것입니다.

"오늘 하루도 버티시느라 고생하셨고요,

 내일도 잘 견뎌봅시다."

이모르

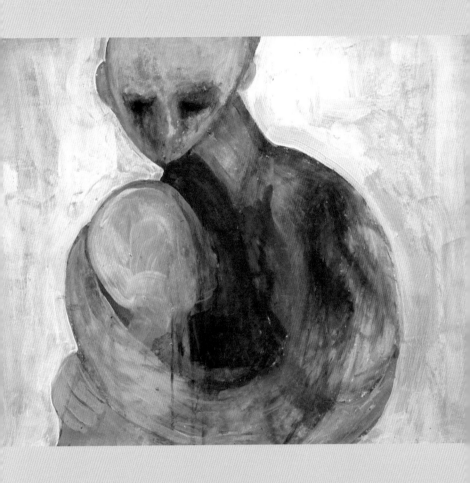

우리가 그나마 추위를
버틸 수 있는 건,
서로의 체온을 나눌 수 있기
때문이 아닐까?

**PART
4**

나, 그리고 우울

**PART
1**

나,
그리고 이모르

자기소개서

~~~

지금껏 내 인생에서 드는 가장 큰 후회는 중고등학교를 무사히 졸업한 일이다. 학창 시절, 일진 애들에게 괴롭힘 당하고 빵셔틀 할 시간에 마음껏 공상과 사색의 시간을 가졌어야 했다. 그러면 지금보다 훨씬 더 창의적인 인간이 되었을 테니까.

그렇게 무탈했던 고딩 시절은 나에게 지울 수 없는 콤플렉스가 되었다. 오죽하면 새로운 사람을 만날 때 '초졸'이라고 학력 위조를 하곤 한다. 농담이 아니라….

내겐 정신과 병력이 있다. 10여 년째 우울증 및 경계선 인격장애를 앓고 있다. 의사가 아니기에 경계선 인격장애를 정확히 설명하긴 어렵지만, 말하자면 일반인보다 감정 기복이 극심한 성격이라고 할 수 있다. 그래서 나는 종종 감정이 격해지면 자해를 하는 습관이 있었다. 때문에 정신과 보호 병동에 두 번이나 입원한 병력도 있다. 물론 지금은 많은 게 호전되었다.

현재는 그림에 관련된 온갖 잡다한 걸 진행하는 스튜디오를 운영 중이다. 유튜버로도 활동하고 있다. 하는 일이 워낙 잡다해서 누군가에게는 대표로 불리고, 누군가에게는 작가로 불리고, 누군가에게는 강사로 불린다. 또 때론 그냥 감정 기복 심한 애, 필요할 때만 연락하는 애, 이기적인 새끼, 나쁜 새끼 등등 참 다양한 표현으로 불리고 있다.

나는 학벌도 부족하고, 배운 것도 없고, 집안도 별로고, 딱히 누구보다 뛰어난 기술이 있는 것도 아니고, 그냥 얼굴 하나만 믿고 사는… 아, 이건 농담이다. 어쨌거나, 그저 재밌고 참신한 무언가를 만들어내는 크리에이터로 남고 싶은 사람이다. 나아가 '세상에는 이렇게 사는 사람도 있구나. 그래, 이 새끼처럼 살지만 말아야지.'라고 많은 사람에게 다양한 영감을 줄 수 있는 사람이 되고 싶다.

겉으로 보이는 모습과
내 안의 진짜 모습은
언제나 다르다.
당신도 그렇지 않은가?

이모르의 뜻이 뭐예요?

~~~~

'이모르'라는 이름은 과거 일러스트레이터로 활동하던 시절 색다른 작가명을 고민하다가 지었다. 누군가 포털사이트에서 내 작가명을 검색했을 때 다른 키워드와 중복되지 않는 이름이었으면 좋겠다고 생각했다. 검색 결과 페이지에 딱 내 작가명만 나와야 홍보 효과가 있을 테니.

우선 내 본명의 성이 '이' 씨라 '이'로 시작하는 색다른 이름을 생각했다. 그러나 도저히 마땅한 이름이 떠오르지 않았다. 그렇게 혼자 중얼중얼하다가 문득.

"이… 이… 이…… 아, 모르겠다!"

"이…… 모르겠다."

"이모르다?"

"이…모르? 이모르!"

이렇게 탄생했다.

별 의미 없이 지어진 이름이라 누군가 이모르의 뜻이 뭐냐고 물을 때마다 난감했다. 뜻을 듣고서는 실소하는 이들도 많았다.

어쨌든 이모르라는 이름이 마음에 들어 10년이 넘도록 같은 이름으로 쭉 활동하고 있다. 요샌 실제 이름을 이모르라고 개명할까 생각 중이다. 주변 사람들이 나를 부를 때 "모르야~"라고 부르기도 하고, 나보다 나이가 많은 사람이든 적은 사람이든 편하게 "이모!"라고 부르기도 좋기 때문이다. 그냥 당신 편하신 대로 불러주면 감사하다.

이쯤 되면 원래 본명이 뭐냐고 물어보는 사람들이 있다. 그럴 때마다 우리 어머니가 지어준 이름은 '이쁜이'였다고 말한다. 어렸을 때 이쁜 짓을 많이 해서 엄마가 나를 이쁜이라고 자주 불러주었기 때문이다…라고 하면 농담이고, 원래 본명은 '이한승'이다. 별로 이상한 이름은 아니다.

다만, 내가 이모르라는 작가명을 고수하는 것에는 거창하진 않지만 뚜렷한 세 가지의 명분이 있다.

첫째, 내 이름에 주인 의식을 가지고 싶어서다. 나는 내 삶 전반에서 온전한 주체가 되고 싶다. 타의에 이끌리는 삶이 아니라 자의로 이루어내는 삶을 살고 싶다. 그런데 내가 아닌 누군가가 나의 이름을 정해주는 일은 자유로운 의사결정권을 박탈하는 행위라고 생각한다. 예를 들어, 어렸을 때 부모님 또는 시대적 흐름에 이끌려 포경수술을 당한 것도 마찬가지다. 만약에 먼 훗날 아들을 낳으면 나는 자식이 원하기 전까지는 포경수술을 시키지 않을 것이다. 이름 또한 태어났을 때는 가명을 정해주고 자식이 성인이 되면 스스로 이름을 바꿀 수 있게 해줄 것이다.

자기 인생을 자신의 의지로 결정지어 살아가는 것은 그만큼 내겐 중요한 부분이다. 그래서 내가 이름을 이모르라고 지은 일은 (혹은 다른 이름으로 지었다고 해도) 온전히 나 스스로 결정했다는 점에서 커다란 의미가 있다. 그리고 사실 이한승이란 이름도 부모님이 아닌 교회 목사님이 지어주셨단다. 근데 나는 기독교인도 아니다.

둘째, 어렸을 적부터 내가 박탈감을 느끼게 만든 우리 형 때문이다. 이 사연은 형과 내가 엄마 젖을 먹던 시절부터 시작된다. 내가 엄마 젖을 먹으려고 하면 우리 형은 자꾸 나를 밀쳐냈다고 한다. 엄마 젖을 독차지하려고. 그래서 나는 엄마 젖보다 이유식을 먹거나 할머니가 만들어주신 음식을 먹고 자랐다고 들었다. 또 한번은 형이 나를 시기해서 그랬는지 모르겠지만, 나를 계단에서 밀어 떨어뜨린 적이 있다. 그 바람에 눈 위에 상처가 났다. 그 상처는 현재도 남아 있다.

우리 집은 적당히 유복했다. 초중고 시절 형은 바이올린, 피아노, 컴퓨터 등 다양한 것을 배웠다. 하지만 내가 초등학생이 되었을 때 IMF가 터져버렸다. 집안 사정은 점점 안 좋아졌다. 나는 학창 시절부터 가족의 지원을 전혀 받지 못했다. 특히나 형의 옷을 물려받아 입고, 교복을 물려받아 입었던 건 정말이지 너무나도 싫었다. 한 대뿐인 컴퓨터도 항상 형 차지였다.

무엇보다도 우리 형은 완전 털보다. 턱수염도 빽빽하고 다리 털도 많다. 그에 반해 나는 수염도 애송이처럼 나고 몸에 털도 별로 없다. 허무맹랑하게 들릴지는 몰라도, 어린 나는 형이 내 수염과 털을 다 뺏어간 것 같다는 생각을 지울 수가 없었다.

형에게 드는 박탈감은 내 이름에까지 콤플렉스를 안겨주었다. 우리 형 이름은 '이연승'이다. 우리 형은 '연승'인데 나는 '한(번)승'이다. 유치하겠지만, 이것 또한 뭔가 형한테 진 느낌이 들었다. 한자의 의미를 떠나서 그냥 어감상 마음에 들지 않았다. 다 싫었다. 오죽하면 이름을 '이완승'으로 바꿔볼까 진지하게 고민한 적도 있다.

셋째, 이모르라는 이름을 만들고 나서 보니까 '모르다'라는 단어가 괜히 익숙하고 정감이 갔다. 왜 그런가 싶었는데 생각해보니, 어렸을 때부터 친구나 지인들이 내게 뭘 물어보면 나는 "몰라."라는 대답을 유난히 자주 했다. 대답하기 귀찮았거나 진짜 몰랐거나 둘 중의 하나였을 것 같다.

그런데 진지하게 성찰해보니 나란 인간은 정말 모르는 것투성이였다. 친구들이랑 낱말 퀴즈 게임을 하면 항상 꼴등이었다. 공부도 못하고 상식이 없어서 모르는 문제들이 너무 많았다. 중고등학교 때 주관식 문제를 풀면 항상 '모르겠다'는 말을 적었다. 사회에 나와서는 잘 알지도 못하면서 이 일 저 일 벌이다가 제대로 수습도 못 하고, 실수도 많이 했다.

모르는 게 많은 만큼 개념도 없었다. 고백하건대, 그때도 그렇고 현재도 그렇고, 내가 일을 하는 것도 그렇고, 그림 그리고 글 쓰고 유튜브 하고 스튜디오를 운영하는 것도 그렇고, 사실 나는 내가 뭘 하고 있는지 잘 모를 때가 많다. 다행인 건, 흔히들 무식하면 용감하다고 하지 않나. 어설프긴 해도 남들보다 추진력은 조금 있는 편인 것 같다.

이렇듯 발상을 전환해보면 워낙 모르는 게 많으니까 조금씩 알아가는 재미가 분명히 있다. 영화도 내용을 미리 알고 보면 재미없잖아? 아무것도 모른 채 그냥 살다 보면 가끔 기대치도 않은 흥미로운 일들이 생긴다. 어쩌면 '모르다'라는 단어는 순수함을 상징하는 표현이 아닌가 싶다. 나도 그냥 순수하게, 아무것도 모른 채 재밌는 것만 하면서 살고 싶다. 그런 의미에서 이모르라는 이름에 괜한 자긍심이 생긴다.

솔직히 내가 이 글을 왜 쓰고 있는 건지도 '모르'겠다. 만나는 사람마다 이모르가 뭔 뜻이고, 왜 본명 안 쓰고 필명을 쓰는지 자주 물어봐서 그냥 한번 정리해보고 싶었던 것 같다. 어쨌든 나는 인생 전반에 여전히 모르는 것투성이인 부족한 인간이기에 앞으로도 이모르라는 이름을 고수할 예정이다. 그리고 진짜 인생살이에 깨달음을 얻는 순간이 온다면 '이아는', '이앎', 뭐 이런 것으로 개명해볼까도 생각한다. 물론 내 앞날이 어떻게 될지는 여전히 잘 '모르'겠지만.

마이너한 취향을 가진 자는 외롭다

~~~

영화 한 편을 아주 감명 깊게 보았다. 다른 사람들의 후기가 궁금했다. 작품에 대한 고찰을 함께 나누고 싶었다. 포털사이트에서 영화 제목을 검색했다. 그런데 이게 웬걸, 평점이 형편없었다. 후기에는 '볼품없는 영화', '쓰레기'와 같은 키워드가 난무했다. 기대와는 전혀 다른 반응에 당황스러웠다. 난 분명히 재밌게 봤는데….

이런 일이 꽤 많았다. 재미와 감동의 기준이 다른 사람들과 너무 달랐다. 내가 감명 깊게 본 영화는 대부분 평점과 후기가 안 좋았다. 반면 내가 정말 재미없다고 느낀 영화는 평점이 생각보다 높았다. 이해하기 어려웠다. 대체 이게 뭐가 재밌다는 건지.

영화 취향뿐만 아니라 그림 취향도 마찬가지였다. 밝은 그림이랍시고 그려도 사람들은 내 그림을 기괴하고 우울하다고 얘기했다. 또한 많은 사람이 열광하는 그림을 보고 있으면 나는 그게 어찌나 유치하던지.

언제나 내가 좋아하지 않는 건 사람들이 좋아하고, 내가 좋아하는 건 사람들이 좋아하지 않았다. 영화, 그림, 음악, 문학, 연극 등등 모든 분야의 취향이 대다수가 좋아하는 것과 달랐다. 물론 같은 취향을 가진 소수의 사람들도 간혹 있었다. 그러나 그들과 나의 취향은 언제나 마이너에 가까웠다. 친구들 중에도 내 취향을 이해하지 못하는 애들이 많았다. 왜 나의 취향은 다른 사람들과 정반대로 향할까? 그래서 외로웠다.

취향이 다르면 소통이 어렵다고 느낄 때가 많다. 애초에 공감할 수가 없다. 그렇다고 상대가 좋아하는 것을 애써 같이 좋아해주는 척하는 건 너무나 가식적이지 않나. 하지만 싫어하는 티를 내면 또 소외감이 느껴진다. 사람들은 자신이 좋아하는 것에 공감하는 사람과 어울리려 한다. 공감하지 못하는 사람은 은근히 배척하게 되고.

그래서 나는 친구 만드는 게 어렵다. 물론 누구나 자신과 취향이 완벽하게 일치하는 사람을 만날 수는 없을 것이다. 근데 나는 너무 마이너한 취향이라서, 조금이라도 취향이 일치하는 사람을 만날 가능성조차 희박하다. 대중적인 취향을 가진 사람들을 보면 저들끼리 북 치고 장구 치느라 신나 보인다.

며칠 전 영화관에서의 일이다. 어떤 장면에서 사람들이 동시에 웃음을 터뜨렸다. 반면 나는 전혀 웃음이 나오지 않았다. 대체 저게 왜 웃긴 건지 도무지 모르겠더라. 며칠이 지난 지금 그 영화는 천만 관객을 돌파했다. 사람들의 취향이란 참 알 수가 없다.

다른 이들은 다 행복해 보이는데,

나만 그러지 못할 때면

왠지 비참해지더라고.

내가 화를 못 내는 이유

~~~

나는 화를 못 내는 성격이다. 애초에 싸움을 혐오한다. 살면서 누군가와 싸울 일이 별로 없었다. 그러나 살면서 화나는 일이 왜 없겠는가? 기분 나쁜 순간은 언제나 있기 마련이다.

'화'라는 감정은 매우 자연스러운 것이다. 그러나 나는 화가 나도 상대에게 화를 잘 드러내지 못한다. 아무리 상대가 화를 돋우어도 직접적으로 표출하지 못한다. 오히려 화나는 순간이 오면 나도 모르게 상대에게 묘한 웃음을 짓는다. 이유는 정확히 모르겠지만, 일종의 방어기제가 아닐까? 내가 웃으면 이 사람도 부정적인 행동을 멈출 것이라고 생각하는 거다. 혹은 내가 똑같이 화를 드러내면 상대방이 더 공격적으로 변할지 모른다는 생각에 두려움을 느끼는 것일 수도 있다.

중학생 때, 외모 콤플렉스가 있었다. 나는 '안.여.돼'라고 불렸다. '안경 낀 여드름 난 돼지'란 뜻이다. 게다가 성격은 소극적이었다. 그래서 반에서 잘나가는 아이들에게 놀리기 딱 좋은 먹잇감이었다. 애들은 자기들끼리 경쟁하듯 나를 다양한 방식으로 희롱했다. 돼지라고 놀리는 건 예삿일이고 돈을 뺏거나, 내 그림을 찢거나, 빵셔틀을 시키는 등 다양하게 괴롭혔다.

가장 기억에 오래 남는 사건은 반 일진들이 나와 다른 친구를 싸우게 한 일이다. 그 애들은 나와 비슷한 체구를 가진 친구를 데려와 대뜸 싸우라고 겁박을 했다. 아마 돼지 두 명이 울고불고 싸우는 모습이 그들에겐 마치 투우처럼 신나고 흥미로운 일이었나 보다.

나랑 싸우러 끌려온 그 친구도 나도, 둘 다 어리둥절한 상태에서 어쩔 수 없이 치고받고 싸우기 시작했다. 무섭기도 하고 억울하기도 해서 자꾸 눈물이 흘렀다. 이내 나는 바닥에 넘어졌다. 대결 상대였던 친구는 발로 내 머리를 지그시 눌렀다. 내 얼굴은 눈물, 콧물, 침으로 범벅이 된 상태였다. 구경하던 아이들은 경기가 끝났다며 자기 자리로 돌아갔다. 그때 들었던 일진 아이들의 웃음소리가 잊히지 않는다. 인생 최고의 수치심을 겪은 날이었다.

일진들은 내가 뚱뚱해서 잘 뛰지 못하는 것도 약점 잡아 종종 머리나 등을 때리고 도망쳤다. 나는 그들을 따라잡을 수도 없었고, 막상 따라잡는다고 해도 절대 반격할 수 없었다. 걔네도 그걸 알았다. 시시덕대면서 도망가는 그들에게 내가 유일하게 할 수 있었던 건 "하지 마~"라고 웃으면서 말하는 거였다. 웃으면서….

왜 웃었느냐 묻는다면… 그냥 그것밖에 할 수 있는 게 없었다. 나도 알고 있다. 그때 나는 화내는 법을 익혔어야만 했다. 정색하는 법을 배웠어야 했다. 근데 용기가 없었다. 내가 화를 내면 일진 애들이 더 공격적으로 괴롭힐 거라는 상상이 나를 두렵게 만든 것이다. 그렇게 화내지 못하는 것은 습관이 되었다.

성인이 된 지금도 누군가에게 화내는 것이 어렵다. 화내지 못하는 나를 이용하는 사람들도 여전히 많다. 본래 화를 잘 안 내는 성격인 걸 틀키면 그걸 알아챈 사람들이 자꾸 나를 막 대하게 되는 법이다. 나는 그런 사람들로부터 화를 드러내지 않고 조용히 멀어지는 법을 택했다. 도망쳤다. 내가 성인이 되고 나서 유일하게 쓰는, 나만의 대처 방법이다.

가끔 꿈을 꾼다. 학교 다닐 때 나를 괴롭힌 애들과 길에서 우연히 마주치는 꿈. 꿈속에서 나는 이미 나이를 먹었음에도 여전히 두려움에 온몸이 경직된다. 그 애들은 아무렇지 않은 듯 환한 미소를 짓고 나에게 안부를 묻는다. 그럼 나는 용기를 쥐어짜 화를 내어보기로 한다.

"그때 왜 그랬어, 이 새끼들아!"

그러나 이 외침 역시 공허한 메아리로 끝난다. 화를 내는 내 모습은 꿈속에서마저도 혼자만의 상상일 뿐이다. 대신 이내 멋쩍은 듯 안부 인사를 건네고 조용히 자리를 피한다. 현실에서도 같은 일이 벌어진다면 아마 똑같이 행동하지 않을까?

나는 여전히 화내는 것이 두렵다. 그래서 글에서라도 한마디 적어본다. 동도중학교 1학년 6반 김종민 이 개새끼!!

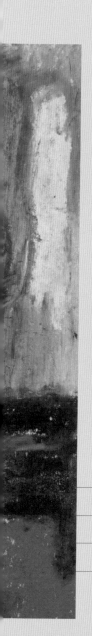

내가 유일하게

할 수 있는 건

그들에게서

도망치는 것뿐.

나는 히키코모리였다

~~~

스무 살 때, 1년간 히키코모리(은둔형 외톨이) 생활을 했다. 자의 반 타의 반으로 시작한 일이다. 나는 나 혼자만의 시간이 필요했다. 학창 시절 동안 공동체 안에서 지내며 나란 사람의 정체성을 찾기가 힘들었다. 자고로 사람들과 부대끼다 보면 사람들 눈치를 안 볼 수가 없다. 나도 눈치가 보여 하고 싶은 걸 할 수 없었다. 제도권 교육이란 가르치는 것만 알아야 하고 시키는 것만 행해야 한다. 주체적인 인간이 아닌 수동적인 인간으로 길들여진다.

그러나 나는 학교에서 가르치는 것 이외의 것을 알고 싶었다. 다른 무엇보다 나를 알고 싶었다. 자의식을 찾고 싶었다. 그래서 누구에게도 방해받지 않는 나 혼자만의 시간을 가지기 위해 히키코모리 생활을 택했다. 뭐, 이런 거창한 의미도 있었지만 사실 그 시기에 대학에 가지 않았기에 만날 친구가 별로 없었던 것도 이유이긴 했다. 대학을 간 친구들은 대학 생활에 적응하느라 바빴다. 가지 않은 친구들은 재수하느라 바빴다. 어쨌든 나는 혼자가 됐다.

막상 혼자가 되니 심심했다. 할 게 없었다. 학교에서는 혼자 있는 시간에 무엇을 해야 하는지 가르쳐주지 않았다. 막연했다. 우선 내가 나에게 말을 걸었다. 주변에 말 붙일 상대가 없었으니까.

"내가 좋아하는 건 뭐지? 잘하는 건 뭐지? 앞으로 뭐 하며 먹고살아야 하지?"

질문을 던지자 내가 나라는 존재를 자각하기 시작했다. 콜럼버스가 신대륙을 발견하듯 나는 스무 살이 되고 나서 자기 세계를 처음 발견했다. 나만의 개성을 찾고 독창성을 갖는 시간들. '이왕 태어났으니 남들과는 다른 나만의 삶을 추구하며 살아야 맞지 않을까?'라는 고민을 처음 시작하게 된 순간. 어쩌면 진정한 내 인생의 시작은 이 순간부터가 아닐까 싶다.

이 경험에 비춰 생각해보자면, 사람은 자고로 심심해져 봐야 진정 원하는 걸 찾을 수 있다. 그러나 현대인들은 너무나 바쁘게 산다. 바쁜 것에 중독되어 있다. 무언가 끊임없이 해야 직성이 풀리는 것 같다. 더욱이 혼자 있는 걸 못 견딘다. 사람을 만나러 다니거나, 사람을 만나지 못해도 SNS를 통해 끊임없이 사람들과 접촉한다. 그래서 누군가와 마주할 줄만 알지, 스스로를 마주할 줄은 모른다.

나를 마주하고 나에게 묻고 답하는 것이 자아 성찰의 시작이다. 그러나 이 모든 게 서툴다 보니 우리는 자기가 진정 원하는 것이 무엇인지 모른다. 당장 눈앞에 놓인 일들을 처리하기 급급하다. 그래서 자기가 원하는 삶을 살지 못한다. …음, 이 말은 너무 고리타분한 것 같고 사실 나도 확신하는 것까진 아닌데, 어쨌든 히키코모리 시절에 이런 생각에 눈을 뜨게 되었다.

방 안에 틀어박혀 있는 동안 나는 처음으로 그림을 제대로 그렸다. 그전까지만 해도 누군가에게 칭찬받는 그림, 사진처럼 똑같이 그리는 그림만 잘 그린 그림이라고 생각했다. 그 기준에 맞추다 보니 정작 내가 그리고픈 대로 그리지는 못했다.

누구나 그렇겠지만 인생을 살다 보면 내 멋대로 할 수 있는 일이 별로 없다. 눈치 볼 일도 많고, 과정보다 결과로 인정받는 경우도 많다. 그러나 그림만은 그러고 싶지 않았다. 눈치 보며 그리고 싶지 않았다. 결과에 집착하는 나머지 과정에서 스트레스 받는 그림을 그리고 싶지 않았다. 오롯이 나 자신만을 위한 그림, 완벽하게 자유로운 그림을 그리고 싶었다.

그러다 보니 형태는 왜곡되어 사실적이지 않았고, 분위기는 어두워지고 점차 난해해졌다. 어머니는 내 그림을 보더니 왜 어렸을 때보다 더 못 그리냐고 타박하셨다. 하지만 개성이란 이런 게 아닐까? 사람들이 원하는 이미지에 맞춰 사는 게 아니라, 있는 그대로의 나 자신을 드러내는 것 말이다.

1년간 히키코모리로 지내며 심심해서 그림을 그렸고 심심해서 혼자 놀았다. 심심해서 스스로 질문하고 답하는 시간을 가졌다. 그러면서 내가 진정 원하는 게 무엇인지 알게 되었고 진정 원하는 그림이 무엇인지 알게 되었다. 좀 더 주체적인 삶으로 나아가며 진정한 나를 찾았다고 느꼈다. 나 혼자만의 착각이긴 했지만….

………

……

…

음….

원래 남들이 하지 않을 법한 경험을 하고 나면 자신이 특별하게 느껴지며 기분이 들뜨기 마련이다. 진정한 나를 찾았다는 것은 솔직히 허상에 불과했다. 히키코모리 시절 이후, 내 삶은 특별히 나아진 것이 없었다. 구구절절 글로 옮겨놓았지만, 따지고 보면 난 딱히 특별하지도 않았다. 자아 성찰과 고민의 흔적이 나를 강인해지게 만든 것도 아니다. 난 여전히 나약하다. 지금 돌아보면 솔직히 혼자만의 시간을 가지나 안 가지나, 자아 성찰을 하나 안 하나, 누군가의 인생은 거기서 거기다.

"아니, 그럼 히키코모리 시절이 너에게 어떤 의미가 있었는데?"

뭐, 이렇게 물어온다면, 글쎄…? 내 인생에 청춘의 이야깃거리 하나 만들어줬다는 점? 누군가에게 "나 좀 특별하게 산 것 같지 않니?"라는 허세를 부릴 수 있다는 정도가 아닐까.

웃음

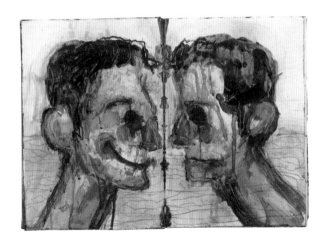

너에게 웃음을 짓는다고 내 상태가 괜찮은 게 아니다.

웃음은 표정이지 감정이 아니다.

위로하는 방법을 모르는 한심한 인간

~~~

어릴 때 같은 아파트에 '박영훈'이란 친구가 살았다. 태어났을 때부터 초등학생 시절까지 우리는 굉장히 친했다. 집이 워낙 가까운지라 매일같이 만나 우리 집에서 혹은 영훈이네 집에서 오락기를 두드렸다.

초등학생이 될 무렵, 영훈이는 국립초등학교를 택했다. 나는 내 의지와는 다르게 부모님의 선택으로 사립초등학교에 지원했다. 그리고 추첨 날만을 기다리고 있었다. 나는 영훈이와 같은 학교에 가고 싶었다. 그래서 간절히 기도했다. '사립초등학교 추첨에서 떨어지게 해주세요.'라고.

다행히 기도가 잘 먹혔는지, 나는 사립초등학교 추첨에서 떨어지고 영훈이와 같은 학교에 다닐 수 있게 되었다. 정말정말 기뻤다. 영훈이와는 초등학교 3학년 때 같은 반이 되었지만, 나머지 학년은 다 다른 반이었다. 영훈이와 같은 반이 되었을 땐 굉장히 마음이 든든했다. 자신만만했다. 함께 있으면 학교생활이 힘들지 않았다. 반면에 영훈이와 같은 반이 되지 않았을 땐 그 학년 내내 위축되어 있었다. 매 학년 새로운 친구를 사귀는 건 내겐 너무나도 낯설고 힘든 일이었기 때문이다. 그래서 같은 반이 아닐 때는 학교가 끝나면 늘 영훈이를 찾아갔고, 그날의 후일담을 늘어놓으면서 위안을 받았다.

　나는 초등학생 때 거리를 돌아다니면 낯선 형들에게 돈을 자주 뜯겼다. 혼자 있을 때 돈을 뜯기면 무섭고 억울했지만 영훈이와 같이 있을 때 돈을 뜯기면 그건 즐거운 추억이 되었다. 서로 네가 만만하게 생겨서 돈을 뜯겼네, 어쨌네 하면서 아웅다웅하다가 보면 어느새 돈을 뜯긴 사실조차 금방 잊게 되었다. 우리는 참 별것도 아닌 일에 깔깔깔 웃었다.

　영훈이는 누나가 있었다. 영훈이네 집에 놀러 가면 항상 누나를 볼 수 있었다. 누나도 성격이 활달해서 종종 우리랑 숨바꼭질을 하며 즐겁게 놀았다. 그러던 어느 날 영훈이네 누나가 뇌성마비에 걸렸다. 화장실에서 미끄러져 변기에 머리를 심하게 부딪히는 안타까운 사고를 당한 것이다. 하루아침에 말도 못 하고 몸

도 못 가누는 장애인이 되어버린 누나를 보면서 나는 이상하고
도 묵직한 감정이 들었다.

당시 영훈이의 마음이 어땠는지는 잘 모르겠다. 영훈이는 자
신이 슬퍼하는 모습을 나에게 보여주지 않았다. 그렇다고 밝은
모습만을 애써 보이려고도 하지 않았다. 영훈이는 생각보다 덤
덤했다. 그래서 나는 어떻게 반응해야 할지 고민스러웠다. 위로
를 건네야 할지, 아니면 아무 말 하지 않고 지켜봐야 할지 혼란
스러웠다. 그런 와중에 영훈이를 마주하려니 나는 어찌할 바를
몰랐다. 그 상황이 괜히 어색하게만 느껴졌다.

어색함은 곧이어 곤혹스러움으로 바뀌었다. 그때의 나는 영
훈이가 안중에도 없었다. 영훈이를 볼 때마다 우물쭈물거리는
나 자신만 보였다. 사실 그냥 친구를 어색하게 느끼는 나 자신이
싫었던 것 같다. 그렇게 영훈이를 만날 때마다 어색한 느낌이 반
복되었고 나는 우리의 만남 자체가 두려워졌다. 결국 반사적으
로 영훈이를 슬슬 피해 다니기 시작했다. 그리고 영훈이네 누나
는 병치레를 하다 결국 유명을 달리했다.

성인이 된 지금도 나는 누군가가 슬픈 일을 겪을 때 가장 당
혹스럽다. 상대방이 슬프다고 표현하지 않으면 무슨 말을 해야
할지 몰라서 상황이 어색해진다. 상대방이 슬프다고 표현하더라
도 나는 그 슬픔에 감정이입이 되지 않아 작위적인 말과 행동을

하게 된다. 이 또한 상황이 어색해진다. 이러나저러나 상황이 어색해지니 나는 또 그 어색함이 싫어서 그저 상황을 모면하려 한다. 그렇게 어색하게 멀어진 친구들이 너무나 많다. 과연 그들은 나에게 상처를 받았을까? 아무 말도 하지 않고 슬그머니 도망간 나를 원망하고 있을까?

초등학교를 졸업하고 중학교에 들어가면서 우리 집은 이사를 했다. 영훈이와 학교도 달라지고 집도 멀어지면서 자연스레 사이가 소원해졌다. 영훈이네는 동네를 벗어나 더 멀리 이사를 했다. 그 후로 연락이 닿지 않았다.

시간이 흘러 20대가 된 어느 날 영훈이에게서 먼저 연락이 왔다. 싸이월드라는 인터넷 사이트를 통해 연락이 닿았다. 우리는 홍대에서 만나 술을 마셨다. 오랜만에 만난 반가움도 잠시, 술을 마시면서 나는 점점 어색해짐을 느꼈다. 상투적으로 근황 이야기를 주고받고 나니 딱히 할 말이 없었다. 추억에 관한 이야기를 나누어도 재미가 없었다. 이야기가 겉도는 느낌이 들었다.

영훈이 누나에 대한 일도 시간이 지나고 나니 별로 큰일이 아니었다. 당시 영훈이에게 어떻게 위로해야 할지 몰라서 도망치려 했던 것을 그는 잘 모르는 것 같았다. 정녕 몰랐던 걸까, 모르는 척하는 걸까? 대화는 이어졌지만 그 시기에 영훈이의 감정이 어땠는지, 나의 감정은 어땠는지는 서로 은연중에 피하고 있었다. 괜스레 이야기를 깊게 하면 아픈 기억이 들춰질 것 같았다. 자칫 서로에게 상처가 될 수 있는 말이 새어 나올 수 있기에 일부러 회피하려 한지도 모르겠다.

　나는 일종의 죄책감 같은 걸 느꼈지만, 죄책감을 느꼈다고 얘기하면 그가 상처받을 것 같아 말을 아꼈다. 굳이 지나간 일을 끄집어내 서로의 감정을 복잡하게 얽히게 하고 싶지 않았다. 20대의 나는 여전히 어리고 관계에 서툴렀다.

　"당시에 위로하는 방법을 몰라 도망쳤다. 미안하다."

　한마디만 하면 될 것을 그러지 못했다. 감정을 있는 그대로 말하지 못했다. 불편한 상황이 생길까 봐, 갈등이 생길까 봐 모든 게 두려웠다. 마음 한구석이 찝찝했다. 속이 메슥거렸다.

　그날 영훈이와 헤어지고, 이후에도 몇 번 연락을 주고받았다. 그러나 그에게 오는 연락이 괜스레 부담스럽게만 느껴졌다. 나는 또다시 그가 어색해지기 시작했고 슬금슬금 회피하게 됐다. 영훈이와의 인연은 자연스레 멀어졌다. 그렇게 관계를 붙잡을 수 있었음에도 또 한 번의 기회를 놓쳐버렸다.

　지속 가능한 관계란 무엇일까? 10년이란 시간이 흐르고 나이를 먹었지만, 내가 관계를 대하는 방식은 여전히 유년기에 머

물러 있다. 위로의 한마디, 사과의 한마디, 그리고 내 감정을 있는 그대로 말하는 것이 난 왜 이리 힘든 걸까?

이 글을 영훈이가 과연 읽을까? 그렇다면 지금이라도 한마디 전하고 싶다.

"그 시절 어떠한 위로도 건네지 못해서 미안하다. 위로를 건네는 게 낯설어 슬그머니 도망쳐서 미안하다. 다시 만나서 '미안했다'는 말을 건네지 못해 미안하다. 연락해서 미안하다고 하면 될 걸 용기가 없어 이렇게 책에 끄적이는 것조차 미안하다. 여전히 소심하고 한심한 인간이라서 미안하다, 정말⋯."

옛날 친구

과거에 친했던 친구라도 공통 관심사가 달라지면 할 말이
별로 없다. 어렸을 적에는 모든 게 대화의 소재가 되었다.
각자의 관심사에 서로 귀를 기울여줬기에 친하게 놀 수
있었다.

하지만 어른이 되고 나서 누군가에게 관심을 가지는 것이
꽤 많은 에너지가 필요한 일이란 것을 알게 되었다. 무언
가에 관심을 가지려면 여유가 있어야 한다. 지금 당장 내
앞길도 생각하기 바쁘다면, 타인에게 관심을 가질 여력이
없지 않은가.

어른이 된다는 것은 내 앞길을 생각하느라 바빠지는 것

이다. 그래서 이제는 관심사가 다른 사람을 만나기가 쉽지 않다. 함께한 추억은 안줏거리가 될 순 있어도 그 추억만으로 관계를 지속시키기는 매우 어렵다. 어차피 함께한 유년 시절의 추억은 시간이 지나면 사실상 아무것도 아닌 일이 된다.

과거는 언제나 과거일 뿐이다.

학벌 콤플렉스를 극복하는 방법

~~~

이른 오후부터 날씨가 좋기에 동네를 걸었다. 그러다가 문득 예전부터 벼르던 일을 오늘은 기필코 실행해야겠다는 마음이 들었다. 그게 뭐냐고? 나의 중고등학교 졸업 사실을 취소하는 일이다.

15년 전 졸업한 고등학교 교문으로 들어섰다. 졸업 취소는 어디에 물어봐야 할지 몰라서 무작정 행정실로 찾아갔다.

"15년 전에 졸업했는데요, 졸업을 취소할 수 있나요?"

행정실 직원은 '대체 이 새낀 뭐야?'라는 게 느껴질 정도로

황당해하는 눈빛을 보였다.

"저희는 잘 모르겠고, 교감 선생님께 찾아가셔야 할 텐데⋯. 아 참, 근데 교감 선생님이 오늘은 안 계세요. 대신 교무실에 교무부장님을 찾아가 보세요."

곧바로 교무실에 찾아가 교무부장을 만났다. 교무부장 역시 대체 이 새낀 뭐냐는 눈빛으로 날 훑어봤다. 그러고는 손사래를 치며 졸업 취소는 안 되는 것으로 알고 있다고 말했다. 교육청에 전화해보면 더 확실한 답변을 받을 수 있을 거라 덧붙이면서.

학교 운동장 벤치에 앉아 바로 교육청에 전화했다. ARS 서비스에 졸업 취소 메뉴는 없길래 기타 상담 4번을 누르고 담당자에게 말했다.

"중고등학교 졸업 취소가 가능한가요?"

교육청 담당자 역시 '대체 이 새낀 뭐야. 장난치나?'라는 신경질적인 어조로 절대 안 된다고 말했다. 나는 왜 안 되느냐고 물었지만 담당자는 그저 불가능하다는 답변으로 일축했다.

"아니, 나는 중학교 때 왕따와 괴롭힘을 당하느라 3년의 세월을 허비했거든요? 고등학교 때는 대학에 관심이 없어서 제대로 된 교육을 받은 기억이 없어요. 그래서 내가 스스로 졸업을 인정하고 싶지 않다는데, 왜 취소해주지 않는 거죠?"

나는 절절하게 항의했다. 그런데도 졸업 취소는 안 된단다. 긴 시간 전화로 실랑이한 끝에 내가 포기하고 물러났다.

아마 많은 이들이 나의 마음을 이해하지 못할 것이다. 나는 진지하게 학벌 콤플렉스가 있다. 살면서 아무런 도움도 되지 않았던 중고등학교 졸업장이 내 최종 학벌에 걸쳐 있는 게 싫다.

애초에 고등학교 때 자퇴를 하고 싶었다. 그러나 의지와는 다르게 부모님과 선생님 말씀에 이끌려 그러지 못했다. 지금도 뼈저리게 후회하는 일이다. 중고등학교를 통틀어 좋은 추억도 별로 없다. 그 시절을 부정하고 싶을 정도로 싫다. 그래서 난 딱 초졸의 학벌을 가지고 싶을 뿐이다.

가족과 갈등이 심한 사람이라면 한 번쯤 내뱉어봤을 말이 있다. 가족이랑 연을 끊고 싶다는 말. 나에겐 중고등학교가 그렇다. 혹여 나중에 사회적으로 성공을 거두어 유명 인사가 되었다고 치자. 그러면 중고등학교에서 모교라는 명분으로 내 이름을 얼마나 팔아먹을지, 생각만 해도 토악질이 나온다. 그 꼴을 보기 싫어서라도 중고등학교 졸업자 명단에서 내 이름을 완벽히 제거하고 싶다.

다짐했다. 얼른 돈 벌어서 학교와 교육청을 상대로 소송을 할 거다… 되든 안 되든 말이다. 아니, 무슨 중고등학교 졸업 취소마저도 내 뜻대로 안 되는 걸까? 미치고 펄쩍 뛸 노릇이다. 참 생각대로 사는 게 쉽지가 않다.

우울할 때 잡생각
후회

한 번뿐인 인생이니 후회하지 않을 삶을 살고자 이리저리 발버둥쳐도 어차피 결국 후회한다. 99%의 확률로. 내가 장담한다.

인간에게 후회라는 감정은 부모님의 잔소리 같은 것이다. 내가 잘해도, 못해도 부모님은 만족하지 못하고 잔소리를 하신다. 잔소리하지 않는 부모님은 없다.

마찬가지로 후회를 하지 않는 인간이란 없다. 인간은 자기 자신에게 절대 만족할 수가 없다. 만족이란 끝이 없다. 만족할 수 있는 기준을 채우고 나면, 기준은 조금 더 높아지고, 그것을 채우고 나면 다시 기준이 높아지는… 이 짓을 죽을 때까지 반복한다. 한평생 만족할 수 없기에 우리는 한평생 후회한다.

후회하지 않는 삶을 사는 인간이 있다면 그 사람은 1%다. 그러나 1%의 사람이 되려고 노력하진 말자. 어떤 분야에서 상위 1%가 된다는 건 그냥 타고나는 것이다. 그러니까 후회하지 않는 삶을 살기 위해 이리저리 발버둥치지 말자.

열심히 살아도 후회하고 게으르게 살아도 후회한다. 이러나저러나 후회할 거면 그냥 힘 빼고 대충 살아도 되지 않겠는가.

스물한 살의 첫 배낭여행

~~~

스물한 살 때쯤이었던 것 같다. 늦가을 나는 인천으로 배낭여행을 떠났다. 걷는 걸 즐기던 나는 대중교통을 이용하지 않고 서울에서 인천까지 무작정 걸었다. 당시에는 호기심이 왕성했다.

지역 곳곳을 다니며 문화 체험을 했다. 나에게 문화 체험이란 낯선 장소에 가보는 것이었다. 다니지도 않는 교회에 들어가서 기도를 하고, 근처 절에 들어가서 스님과 대화를 나눴다. 성인용품 숍에 들어가기도 하고, 저녁에는 클럽에서 일일 아르바이트를 자청했다. 여행이라고 하면 관광지나 돌아다닌다고 생각하겠지만, 나는 평소 시내에서 안 가본 장소에 들어가보는 것만으로도 엄청난 재미와 희열을 느꼈다.

넷째 날인가, 인천 근처에 위치한 부천에 도착했다. 그 동네에는 유독 성형외과가 많았다. 역시나 호기심이 발동했다. 아무 성형외과에 들어가서 상담을 받아보았다. 병원에 온 사람들은 하나같이 선글라스를 끼고 있거나, 코에 반창고를 붙였거나, 턱에 깁스를 한 채였다. 소파에 앉아 대기하고 있던 그들이 아직도 생생하다.

예약도 하지 않고 무작정 들어간 나는 40분 정도 대기했다가 이내 진료실에 들어갔다. 들어가자마자 "저도 성형하고 싶습니다. 어딜 해야 하나요?"라고 물었다. 곧 원장은 내 얼굴을 쫙 스캔했다. 그러고는 "눈과 눈 사이가 머네요."라고 하더니 안검하수가 어쩌고저쩌고했다. 상담이 좀 길어졌는데, 굉장히 설득력 있는 원장의 화술에 나는 괜스레 호기심이 들었다. 그리고 바로 수술대에 오르기로 결심했다.

"저 오늘 수술할래요."

만약 그날, 예약이 꽉 차서 수술이 여의치 않다면 나는 그냥 다른 여행지로 이동할 생각이었다. 그러나 수술은 바로 가능하다고 했다. 곧 수술대에 올랐다. 눈두덩이에 마취 주사를 맞았다. 눈꺼풀이 무거워졌고, 이내 별다른 고통 없이 수술이 진행됐다. 한 시간 정도의 수술이 끝나고 약을 처방받았다. 나는 병원을 나와 다시 쿨하게 여행길에 올랐다.

여행하는 동안 숙박은 찜질방에서 해결했다. 여행 중이라 많이 걷고, 찜질방도 매일 가니까 수술 부위의 붓기가 금방 빠지더라. 신기해서 수술 후 변해가는 과정을 사진으로 남겼다.

여행을 마치고 집에 돌아와 인터넷 성형 커뮤니티에 사진을 정리해서 올렸다. 그게 엄청난 파장과 이슈를 만들어냈다. 눈이 장근석이 됐다느니 어쨌느니 하면서 하루아침에 백여 통의 메일과 쪽지를 받았다. 나는 아주 친절히 하나하나 답장을 보내줬다. 그러고 보니 내가 그 병원의 에이전트 역할을 톡톡히 해준 셈이다. 병원 원장이 이 글을 봤으면 좋겠다.

어쨌든 쌍꺼풀 수술은 배낭여행 중 운명적으로 다가와 생각지도 못한 신선한 경험과 재미를 주었다. 무엇보다 나는 성형 미남이 됐다! …음, 사실 양심에 좀 찔리니까 그냥 성형남이 됐다고 정정하겠다.

아, 근데 이거 여행 후기랍시고 쓴 글인데 중간에 쌍꺼풀 수술 후기로 바뀜.

자아를 찾기 위한 패션 프로젝트

~~~

어릴 때는 옷 잘 입는 것에 큰 관심이 없었다. 그보단 내가 패션 감각이 있건 없건 간에, 내 옷은 내가 선택하고 싶다는 마음이 더 컸다. 그러나 당시 우리 집은 경제적으로 어려운 시기였다. 어머니는 내게 옷을 사주실 여력이 없었다. 사줘봤자 시장에서 파는 싸구려 옷들이었다. 아니면 형이 입던 옷을 물려 입는 수밖에 없었다. 그게 참 싫었다.

20대가 되고 아르바이트를 시작했다. 내가 직접 돈을 벌기 시작하면서 처음으로 브랜드 옷을 사 입을 수 있었다. 내 패션의 주인이 된 것이다. 하지만 그것도 잠시, 거리를 다닐 때마다 나와 비슷한 옷을 입은 사람들이 눈에 띄었다. 브랜드 옷을 입는데 어떻게 다른 사람들과 겹치지 않을 수 있겠는가. 패션의 주인은 되었지만, 남들과 다른 나만의 패션 스타일은 가질 수 없었다. 아무렇지 않은 척했지만, 한편으로 어찌나 부끄럽던지….

혈기왕성한 20대 때, 나는 무엇이든 간에 나만의 스타일을 가지고 싶었다. 나만의 패션 스타일, 나만의 그림 스타일, 나만의 라이프 스타일 등등, 모든 것에 독창성, 창의성, 차별성, 주체성을 지니고 싶었다. 그래서 나를 드러내는 방식으로써 가장 접근하기 쉬운 패션부터 차근차근 바꿔나가기로 마음을 먹었다.

먼저 하나의 프로젝트를 시작했다. 남들과는 차별된 나만의 패션 스타일을 찾기 위한 프로젝트. 그러나 남들과 다르게 튀려면 필연적으로 사람들의 시선을 감수해야만 한다. 절대적으로 용기가 필요한 일이다. 자신감이 부족한 나에게는 정말 어려운 도전이었다. 그러나 나만의 패션 스타일을 갖기 위해선 반드시 극복해야 했다.

그래서 옷을 잘 코디하는 것보다 일단 용기부터 지녀야겠다고 마음을 먹었다. 그런데 어떻게 용기를 가질 것인가. 나는 번지 점프대에 올라가기로 했다. 이왕이면 낮은 곳이 아니라 처음부터 높은 곳에서 뛰어내리겠다는 계획을 짰다. 그러면 낮은 곳에서 점프하는 건 일도 아닐 테니까. (이것은 일종의 은유다. 여기에서 말한 번지 점프는 실제 번지 점프가 아니다.)

가장 높은 번지 점프대는 어머니의 옷장에 있었다. 어머니의 원피스를 입고 거리를 활보하는 것. 용기를 가지려면 평소에 지니고 있던 고정관념, 혹은 남들이 생각하는 고정관념에서 해방되어야 한다. 그 당시 패션 트랜드는 힙합 스타일이었다. 나는 과감히 이를 거부하기로 했다.

그렇게 어머니의 원피스를 꺼내 입었다. 준비는 끝났다. 이제 거리로 나가 사람들의 시선을 이겨낼 차례다. 집 대문을 열었다. 얼굴이 시뻘겋게 달아올랐다. 이 꼴로 돌아다닐 것을 생각하니 너무나 쪽팔렸다. 심장이 두근거리다 못해 쿵쾅쿵쾅 뛰었다. 아직도 그때의 기억이 생생하다. 도저히 발걸음이 떨어지지 않았다. 이내 떨리는 심장을 부여잡고 다시 집 안으로 들어왔다.

밖은 환한 대낮이었다. 아무래도 맨정신으로는 도전이 불가능했다. 부엌으로 가 냉장고 문을 열었다. 절반 조금 넘게 남은 소주가 있었다. 소주를 벌컥벌컥 마셨다. 취기라도 있어야 일을 저지를 수 있을 것 같았다. 곧바로 몸에 열이 올랐다. 살짝 해롱거리는 상태가 되었다. 마음이 조금은 진정됨을 느꼈다.

그리고 다시 도전. 문을 열었다. 이번에도 실패하면 나는 평생 사람들 눈치나 보며 아무것도 못 하는 쪼다가 될 거라고 스스로를 채찍질했다. 계단을 내려갔다. 햇볕이 쨍쨍하고 무더운 여름날이었다. 거리를 런웨이라고 생각하고 워킹을 시작했다. 사람들이 지나갈 때마다 고개를 푹 숙였다. 시선이 느껴져 눈을 찔끔찔끔 피했다. 식은땀을 줄줄 흘리며 한 시간 정도 동네를 산책했다.

그 후로도 같은 행위를 몇 번 시도했다. 자신감이 붙을 때까지. 처음에는 소주를 절반 이상 마셔야 했지만, 두 번째는 그보다 적게 마셨다. 세 번째부터는 아예 소주를 마시지 않았다. 어느 날은 어머니 옷을 입었고, 어느 날은 노숙자 분장을 했고, 어느 날은 애니메이션 코스프레를 하고 돌아다녔다. 어느 순간부터 튀는 옷을 입어도, 맨정신으로 나가도 사람들의 시선에 무덤덤해질 수 있었다. 그때부터 진정한 자유를 느꼈다. 미션 수행 완료!

이 프로젝트를 통해 많은 것을 얻었다. 이제는 어떤 옷을 입든 거리낌없이 거리를 돌아다닐 수 있다. 남들과 다른 패션 스타일을 자유자재로 고수하고 있다.

패션을 넘어 성격에도 많은 변화가 일어났다. 사람들의 눈치를 덜 보게 되면서 나는 더욱 내 멋대로 살게 되었다. 진짜 마음 내키는 대로 표현할 수 있는 사람이 된 것이다.

우울할 때 잡생각
자아

내가 봐도 나는 기분에 따라 성격이 확확 달라진다. 기복이 심해도 너무나 심하다. 기분이 괜찮은 시기에는 사람들을 엄청나게 많이 만난다. 외향적으로 변하는 것이다. 이때는 사람들을 대하는 것도 어렵지 않고 오히려 재밌다. 사람들의 이야기를 최대한 많이 들으려고 한다. 여유가 있다. 아이디어가 마구 떠오른다. 똘끼가 충만해진다. 삶에 겁이 없어진다. 자신감이 넘쳐흐른다. 넘쳐흐르다 못해 오만해지기까지 한다. 사람들은 내가 우울한 사람이라고 전혀 생각하지 못한다. 오히려 긍정적이고 유쾌한 사람으로 기억한다. 나 자신을 평가해도 나는 썩 괜찮은 놈이다.

반면 기분이 안 좋은 시기에는 한없이 움츠러든다. 주변 인들에게 말도 없이 잠적한다. 내성적이 된다. 우울하다. 자존감이 떨어져 아무도 만나지 못한다. 폭식한다. 살이 찐다. 살이 찐 내 모습을 누군가 보면 한심하게 쳐다보는 것 같다. 불안하고 초조해진다. 세상 어떤 이야기에도 관심이 없어진다. 세상과 분리된다. 말할 상대가 없으니 말할 일이 없어지고 말하는 법을 잊어버린다. 눈 마주칠 상대가 없으니 눈 마주치는 법도 잊어버린다. 설령 누군가와 눈을 마주치면 나도 모르게 시선을 피한다. 상대가 나의 눈을 바라보는 것만으로도 나의 못난 모습을 들키는 기분이다. 위축된다. 사람들은 내가 외향적인 사람이라고 전혀 생각하지 못한다. 부정적이고 까칠한 사람으로 나를 기억한다. 나 자신을 평가해도 나는 정말 못난 놈이다.

이렇듯 나는 두 개의 자아가 분명하게 나뉜다. 극과 극이다. 사람들에게 "넌 도무지 어떤 사람인지 모르겠어?"라는 이야기를 많이 듣는다. 나조차 내가 어떤 사람인지 판단하기가 어렵다. 다른 사람들도 그런 것일까?

이 글을 읽는 당신은 어떤가? 기분이 좋은 날엔 세상에 나만 이런 건 아닐 것이라 생각한다. 모두가 행복하고 세상이 한없이 아름답게 보인다. 그러나 기분이 안 좋은 날엔 세상에 나만 이런 것 같다고 생각한다. 그 생각에 깊이 빠져버린다.

요즘은 기분이 좋지 않은 시기다. 그래서 나만 이런 것 같아서… 그 누구에게도 이해받지 못할 것 같아서… 세상에 홀로 남겨진 기분이다.

내가 봐도 나는

감정 기복이 너무 심해.

누구나 그런 걸까?

우리는 모두 모지리다

~~~

생각지도 못한 팬클럽이 생겼다. 이 글을 쓰고 있는 지금을 기준으로 회원수 4,600명. 회원 중에는 10대, 20대 친구들이 많지만 간혹 3040 회원들도 있다. 연예인도 아닌 나에게 어떻게 이런 일이 벌어진 걸까.

팬카페에는 저마다의 사연들이 올라왔다. 대부분 우울한 내용의 글과 그림이었다. 우울감을 겪고 있지만 누군가에게 말을 못 해서 온라인상에서라도 이야기하는 것이다. 우리는 서로 위로를 주고받는다. 내 팬카페는 일종의 우울한 사람들의 커뮤니티인 셈이다.

내 팬들의 이름은 '모지리'다. 팬 중에 한 친구가 내 필명이

'모르'이기에 어감이 비슷한 '모지리'라는 이름을 만들었다. 모지리는 '머저리'를 지칭하는 전라도 사투리다. 뜻은 '말이나 행동이 다부지지 못한 어리석은 사람을 낮잡아 이르는 말'이다. 나는 이 단어가 참 마음에 든다. 완벽함을 뜻하지 않기 때문이다.

인간은 누구나 완벽하지 않다. 완벽해 보이는 유명인들도 저마다 부족함에 몸부림치는 부분이 있다. 그래서 우리는 모두 모지리다. 나조차도 모지리 중의 한 명이다.

사람은 우울할수록 상황 판단 능력이 떨어진다. 자신이 했던 말과 행동들이 흔들리기 일쑤다. 이건 다른 사람에게 이야기할수록 약점이 된다. 어리석거나 둔한 이미지로 비칠 수 있으니까. 그렇지만 안 우울할 수도 없는 노릇이다. 우울함은 계절처럼 돌고 도는 일이고, 언제나 자연스럽게 찾아온다.

그러니 우리는 약해질 수 있다는 걸 인정해야 한다. 언제 어디서나 모지리처럼 행동할 수 있음을 받아들여야 한다. 우리는 매번 굳세고 야무진 인간일 수 없다.

물론 모지리임을 자백하는 건 쉬운 일이 아니다. 아주 큰 용기가 필요하다. 근데 좀 모지리면 어떤가? 부족한 인간이기에 발전할 수 있고, 모지리이기에 성장할 수 있는 것이다. 그러니까, 모지리여도 괜찮다.

이런 내 말에 동의한다면 어서 인터넷에 접속해 '이모르 팬카페'를 검색해주시길. 가입도 부탁드린다. (팬클럽 회원 절찬 모집 중!)

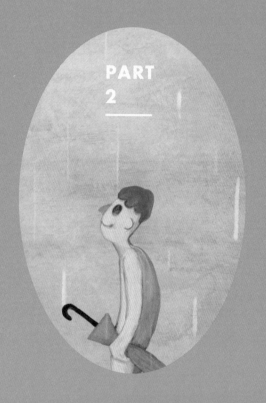

PART
2

나,
그리고 인간들

가족다운 가족이 되기 위한 고통

~~~

적당히 유복한 집안에서 태어났다. 부모님은 두 분이서 함께 자영업을 하셨다. 나는 별다른 경제적 어려움 없이 자랐다.

내가 초등학생밖에 안 됐을 때, IMF가 터졌다. 부모님의 사업은 점차 힘들어졌고 가세는 급격히 기울었다.

여담이지만, 나는 어렸을 적 치아가 고르지 않은 부정교합이었다. 그래서 앞니로 단무지와 국수 면발을 끊지 못했다. 후회스러운 건 이 고통을 부모님께 빨리 말씀드리지 않았던 것이다. 왜냐면, 하필 이 얘기를 꺼내고 얼마 지나지 않아 곧바로 IMF가 터져버렸기 때문이다. 아쉽지만, 그렇게 어렸을 적 부의 상징인 치아 교정은 물 건너가 버렸다. 그 후 서른이 넘어서까지 앞니로 음식을 끊지 못하는 고통을 앓다가 결국 내 돈 주고 치아 교정을 했고, 지금은 아주 만족스러운 삶을 살고 있다.

뭐, 나의 부정교합 탈출기가 중요한 건 아니고… 내 기억 속에 매우 크게 자리하고 있는, 가세가 기울 즈음부터 달라진 집안 환경 이야기를 해보겠다. 당시 부모님은 자주 말다툼을 하셨다. 어린 마음에 두 분이 다투는 모습을 볼 때마다 어찌나 심장이 떨리던지. 물론 어른이 된 지금은 어렸을 때 부모님이 다투는 모습을 미리 감상할 필요가 있다는 게 나의 지론이 됐다. 그래야 싸움에서도 누가 좀 더 이성적으로 대응하는지를 이해하고 말의 논리를 습득할 수 있다.

그러한 측면에서 보자면, 우리 아버지는 다분히 감정적이고 비이성적이었다. 어느 날, 두 분은 말다툼 끝에 '이혼'이라는 단어를 꺼내셨다. 그걸 베란다 너머로 우연히 듣게 되었다. 이혼이라니…. 그 말을 처음 들었을 땐 이제 우리 가족 모두 뿔뿔이 흩어지고 나는 혼자만 사는 건 줄 알았다. 그만큼 갑자기 접한 이혼이라는 단어는 어린 나에게 충격으로 다가왔다. 그 자리에서 눈물을 쏟았다. 아주 펑펑 울었다. 그러다가 어머니에게 달려가 안겨 흐느끼며 말했다.

"엄마, 제발 이혼하지 마. 형이랑 나를 위해서라도. 엉엉…."

그러나 이 말은 한동안 내 인생의 가장 잘못된 선택이자 가장 큰 후회로 남았다. 두 분은 그 시기에 이혼을 하셨어야만 했다.

집안이 경제적으로 어려워지면 흔한 가정 파탄 이야기가 펼쳐진다. 아버지가 도박에 빠져버린 것이다. 연이은 도박 빚으로 형편은 더욱 악화되었다. 우리 가족은 넓었던 집에서 점점 좁은 집으로 쫓기듯 이사해야만 했다. 어렸을 적부터 같은 아파트에 살았던 동네 친구들과 거리가 멀어지는 걸 느끼며 나는 괴리감에 빠졌다. 그 친구들은 좋은 집에서 그대로 잘사는데 왜 우리 집만 계속 망해가는 걸까. 점차 가정환경 콤플렉스에 빠졌다.

사춘기에 접어들면서 나는 더욱 의기소침해졌다. 자존감은 한없이 낮아졌다. 그래서인지 학교생활에 적응하기 힘들었다. 그렇게 흔하디흔한 왕따 이야기가 펼쳐진다. 몇몇 애들에게 놀림과 괴롭힘을 당하기 시작했다. 아직도 내게 트라우마로 남아 있는 기억이다. 그 시절 나는 아버지를 매우 원망했다. '아버지가 도박만 하지 않았어도 학교에서 괴롭힘 따윈 당하지 않았을 텐데!'라는 생각에 매일같이 사로잡혔다.

꽤 시간이 흐른 뒤에도 어머니와 아버지는 자주 싸우는 모습을 보이셨다. 나는 마냥 울던 시절에서 벗어나 싸움을 말릴 수 있는 나이가 되었다. 물론 내가 말린다고 해결이 되진 않았지만…. 어쨌거나 두 분의 싸움은 일상이 되었고, 난 어느 순간 지쳐버렸다. 그리고 속으로 간절히 바랐다.

'제발, 두 분 그냥 이혼하게 해주세요.'

나는 두 분이 각자의 인생을 멋지게 살아가는 모습을 보고 싶었다. 하지만 나의 간절한 바람은 이루어지지 않았다. 잘은 모르겠지만, 부모님 두 분 다 지겹게 싸우면서도 가정을 지켜야 한다는 책임감 같은 게 있으셨던 모양이다. 특히 자식들을 위해서라도 이혼 가정을 만들면 안 된다는 구시대적 사명감이 컸던 것 같다. 하지만 오히려, 자식들을 위해서라면 그러지 말았어야 했다. 부모님에 대한 원망은 내 존재에 대한 원망으로 변해갔다.

물론 한 가지 감사드리는 점은 있다. 부모님 덕분에 나는 인간관계에서 싸움을 극도로 싫어하게 됐다. 먼저 화를 드러내는 상대를 경멸하게 됐고, 내가 먼저 화를 드러내지도 않았다. 그래서 지금까지도 누군가와 싸우면서 에너지 낭비하는 일이 없다.

어쨌든 나는 나이를 먹었고 부모님에 대한 기대감도 점차 사라졌다. 어차피 인생은 내 생각대로 되지 않는다는 것을 깨달았기 때문이다.

애니메이션 〈빨간 머리 앤〉에서 주인공이 이런 대사를 한다.

"세상은 생각대로 되지 않아요. 하지만 생각대로 되지 않는 건 멋진 일이에요. 생각지도 못한 일이 일어나는걸요."

인생은 알 수 없다. 어느 순간 부모님은 서로에게 진정한 화해를 건네고 가족의 화합을 이루어내셨다. 그리고 현재까지 두 분은 알콩달콩 보기 좋게 아주 잘 지내신다. 지난날 수많은 싸움을 하면서 결국 서로를 이해하는 경지에 다다른 것일까? 누군가 죽어야지 끝날 법한 부부 사이였지만, 지금은 온화한 관계를 이어가고 계신다.

상투적인 표현이지만 사람 일이라는 건 역시 모르는 일이다. 나는 여전히 부모님과 한 집에서 살고 있다. 날마다 셋이 함께 점심을 먹는다. 그리고 그 순간만큼은 마음에 따스함이 스며든다. 이제는 나에게도 '화목한 가족'이 있다는 것에 새삼 감사함을 느낀다. 그리고 알게 됐다. 열매는 고통과 인내로 맺힌다는 것을. 나는 가족다운 가족을 얻기 위해 수많은 고통과 인내의 시간을 보냈다. 하하하! 우리 부모님은 쓸데없이 나에게 이런 걸 깨우쳐주셨다.

그래도, 다시 그 시절로 돌아간다면 나는 고통과 인내로 맺힌 열매를 기다리느니 차라리 굶어 죽는 것을 택할 것이다.

오! 나의 히어로

~~~

아무리 좋게 생각하려 해도, 나의 중학교 1~2학년 시절에서 최악이란 수식어를 뗄 수가 없다. 소위 일진이라고 하는 애들에게 놀림과 수모를 겪었으니까. 차라리 왕따를 당했으면 좀 나았을까? 따돌림 받아서 무관심 속에 던져지는 것이 차라리 나았을 수도 있다. 조용히 내 할 일에만 집중하면 될 테니.

하지만 아이들은 나를 끊임없이 괴롭혔다. 한시도 가만두지 않았다. 화라도 내야 했는데, 아니 정색이라도 해야 했는데 단 한 번도 그러지 못하고 멍청하게 배시시 웃으며 반응했던 나 자신이 한심스럽다. 어느 날은 복도를 걷다가 우연히 애들이 나에 대해 수군대는 걸 들었다.

"걔는 괴롭히는 맛이 있어."

중학생 때부터 그림 그리기를 좋아했고, 썩 잘 그린다는 이야기를 종종 들었다. 그리고 애들은 그런 나를 이용했다. 뭐, 뻔하지 않은가. 그림 좀 그리는 사람들이라면 한 번씩 듣는 "나 좀 그려줘."라는 말. 그러나 나는 한 번이 아니었다. 매번 애들의 부탁을 들어줄 수밖에 없었다. 자기를 그려달라는 것 외에도, 선물로 쓰게 여자 친구 혹은 부모님을 그려달라는 부탁도 들어줘야 했다. 아니지. 그것은 부탁이 아니라 강요이자 명령이었다.

어느 날에는 야한 그림을 그려달라는 강요에 못 이겨 남자와 여자의 성기를 그려줬다. 그런데 그 아이가 깜빡했는지 그림을 놓고 갔다. 하는 수 없이 내가 챙겼는데, 그날 밤 어머니가 교복 주머니 속에 구겨 넣은 그 그림을 발견하고는 노발대발하셨던 기억이 난다.

한번은 이런 일도 있었다. 며칠간 집과 학교를 오가며 공들여 그린 그림이 있었다. 쉬는 시간 틈틈이 그려 겨우 완성해낸 것이었다. 그러나 성취감을 느낄 새도 없이, 한 일진 아이가 그 그림을 쭉 찢어버리고 시시덕대면서 도망갔다. 당장이라도 눈물이 나올 것만 같았지만, 화를 낼 수도 없고 눈물마저 흘릴 수 없었다. 중학생들은 우는 아이를 보면 걱정하기보다는 그냥 바보 같은 애 취급하는 경향이 있다. 그래서 쉽사리 울 수도 없었다. 내가 내뱉을 수 있는 한마디는 배시시 웃으며 "아이씨~ 왜 그래~"가 전부였다.

종종 학교 뒷마당에선 애들끼리 싸움을 벌였다. 그렇게 자기들만의 서열을 나누었다. 비등비등한 관계에서 벌어지는 싸움은 그나마 재밌었다. 그러나 서열 차이가 극명한, 그러니까 일진들이 약한 아이들을 일방적으로 때리는 건 두 눈 뜨고 볼 수가 없었다. 게다가 그걸 둘러싸고 신나게 부추기는 수많은 아이들을 보면서 인간에 대한 환멸마저 들었다. 그런데 한편으로는 다행이라고 생각했다. 나는 직접적인 학교폭력 피해를 받진 않았으니까. 난 그저 괴롭히고 놀리기 좋은 찌질이에 불과했으니까.

하루는 굉장히 인상 깊은 싸움이 벌어졌다. 일진이었던 아이가 어떤 한 친구를 타깃으로 잡았다. 싸움판에 끌려온 친구 이름은 김진호였다. 진호는 나와 초등학교 동창이었지만, 별로 친하지 않고 서로 잘 모르는 사이였다. 그렇지만 얼굴이 익숙한 아이였기에 괜스레 마음이 쓰였다. 또 얼마나 처절하게 맞을지 내심 걱정이 들었다.

그러나 놀랍게도 싸움은 단 몇 분 만에 정리되었다. 일진이 진호에게 위협을 가하자, 진호가 갑자기 교복을 벗더니 속옷마저 훌러덩 다 벗어버린 것이다. 일진들과 싸움을 구경하던 아이들은 넋이 나간 표정을 지었다. 진호는 소리를 치며 자신의 이마를 벽에 마구 박기 시작했고, 이마에서 피가 흐르자 웃음을 지었다. 그 표정은 정말이지 간담을 서늘하게 만들었다. 미친 새끼니 정신 나간 새끼니 욕을 하던 일진들은 슬그머니 물러나기 시작했다. 나는 진호의 행동에 순간 너무나 감동하여 할 말을 잃었다. 누군가를 해치지 않고 나를 해치니 애들이 건드리지 않는다는 사실을 처음으로 목격한 것이었다.

진호의 행동은 학교 곳곳에 소문이 났다. 싸움을 걸면 주먹다짐하지 않고 칼로 찌를 진정한 미친놈이라는 말이 나돌았다. 그후 아무도 진호를 건드리지 않았다.

중학교 3학년이 되었을 때 운이 좋게 진호와 같은 반이 되었다. 나는 진호를 친구로 두어야겠다는 생각에 조금씩 가까이 다가갔다. 다행히 진호도 그림 그리는 걸 좋아해서 공감대가 쉽게 형성되었다. 진호랑 친해질수록 일진들이 나도 멀리하는 것이 느껴졌다. 어느 순간 놀림과 괴롭힘이 사그라들기 시작했다. 진호가 나를 위해 딱히 해준 건 없었다. 복수를 해주거나 하진 않았으니깐. 다만 그의 존재는 가까이 있는 것만으로도 든든한 아군이 되어주었다.

덕분에 중학교 3학년 시절은 꽤 조용히 보낼 수 있었다. 아무도 내게 그림을 그려달라고 강요하지 않았고, 내 그림을 찢는 아이들조차 깔끔하게 사라졌다. 비로소 나는 자유롭게 맘 놓고 그림을 그릴 수 있었다. 이후에 진호와는 고등학교가 엇갈리고 진호가 이사를 가는 바람에 연락이 끊겼다. 만약 이 글을 진호가 본다면 이 말을 꼭 전해주고 싶다.

"넌 나를 지켜주는 유일한 히어로였어!"

엄마의 밥은 항상 맛이 없었다

~~~~~

　어머니는 늘 바빴다. 무능력했던 아버지를 대신해 가장 노릇을 했기 때문이다. 그래서 집에 계시는 시간이 별로 없었다. 가세가 기울면서 정신 못 차리던 아버지는 도박에까지 빠져서는 매일같이 술을 마시고 집에 들어오셨다.

　돌아보면, 그 시절 나는 부모님에게 사랑을 받지 못했다. 아버지는 허튼짓하느라, 어머니는 일하느라 언제나 집에는 형과 나만 덩그러니 놓여 있었다. 세상에 완벽하게 굴러가는 가정이 몇이나 존재하겠는가. 그리고 부모님 모두에게 충만한 사랑을 받는다는 것은 또 얼마나 어려운 일인가. 그렇기에 현대인들은 대부분 애정 결핍에 시달리는 게 아닐까 싶다.

애정 결핍은 뇌 속 도파민 수용체의 장애와 '행복 호르몬'이라고도 불리는 세로토닌 분비 저하를 일으킨다. 또한 인간의 무의식은 결핍을 채우려고 쉼 없이 노력한다. 그래서 정서적으로 결핍된 인간들은 끊임없이 기분이 좋아질 수 있는 것들을 찾아 헤매게 되고 중독에 쉽게 노출된다. 일 중독, 섹스 중독, 쇼핑 중독, 알코올 중독 등등….

나는 한때 탄수화물 중독이었다. 과자, 빵, 떡, 정크푸드와 같은 몸에 좋을 리 없는 음식들을 끊임없이 먹어댔다. 이러한 음식을 먹으면 단시간에 기분이 좋아진다. 오레오 같은 달콤한 과자 한 봉지를 1분 만에 먹어치우면 마치 마약이라도 한 듯이 기분이 해롱해롱해진다. 그 기분에 한껏 도취되면 결국 폭식을 하게 된다. 폭식하는 이들은 대부분 알 것이다. 몇 분만 지나도 속이 매스껍고 자괴감이 든다. 결국 음식을 먹는 잠깐 동안만 기분이 좋을 뿐, 급격한 우울에 빠지고 만다.

어린 시절 나의 식습관이 딱 이 패턴이었다. 폭식과 후회를 반복하면서 감정 기복은 더욱 심해졌다. 나는 그 시절에 처음 우울감을 학습했다.

한 가지 고백하건대, 우리 어머니 밥은 항상 맛이 없었다. 어머니는 음식을 정말 못하신다. 애초에 손맛을 타고나지 못했을 수 있다. 그게 아니라면, 한 가지 확실한 이유는 있다. 어머니는 음식에 공을 들이지 않는다. 공을 들이지 않는다는 건 그만큼 요리에 시간을 들이지 않는다는 뜻이다. 왜냐하면 어머니는 항상 일해야 했기 때문이다. 집에서 여유롭게 요리할 시간이 어디 있었겠나. 지금은 그런 어머니가 안쓰러운 마음도 들지만, 어린 시절에는 어머니 밥이 맛없다고 투정을 많이 부렸다. 그리고 그걸 핑계로 밥을 먹지 않고, 군것질을 해대며 정크푸드를 더욱 찾았다.

그래서 내가 말하고 싶은 건 이거다. 내가 우울감을 처음 학습하게 된 것은 유년 시절 정크푸드를 폭식하던 식습관과 관련이 있으며, 내가 정크푸드에 탐닉하게 된 건 결국 어머니의 밥이 너무나 맛이 없었기 때문이다! 만약 엄마의 밥이 맛있었더라면, 현재 내 우울증과 감정 기복도 어느 정도 완화될 수 있지 않았을까?

음, 이것도 내가 하고 싶은 말은 아닌데….

그냥, 그러니까, 어렸을 때 어머니와 함께 있는 시간이 많아서 어머니의 사랑을 온전히 느꼈더라면… 그럼 나는 지금 어땠을까?

누군가의 배신이 두려워서 시작된 녹음

≈≈≈

"철수야, 나 이사하는데 짐 옮기는 거 도와줄 수 있어?"

"네, 형. 도와줄게요."

작업실을 이사할 때였다. 혼자서는 도저히 다 할 수 없었기에 아는 동생 철수에게 부탁했다. 철수는 도와준다고 하였고 덕분에 나는 이사를 무사히 마쳤다.

시간이 흘렀다. 철수와 나는 연락이 뜸해졌다. 각자의 삶이 바쁠 수 있으니 이상한 일은 아니었다. 그런데 어느 날 다른 친구에게 철수의 소식을 들었는데, 철수가 나를 정말 안 좋게 생각하고 있다고 했다. 철수는 나를 "맨날 필요할 때만 연락하는 형

이야. 이용만 하는 형이라니까."라고 말했다고 한다. 나는 철수에게 도움을 요청할 때 미안한 마음에 항상 동의를 구했다. 철수가 가능하다고 하니깐 부른 건데, 철수는 나를 마치 강제적으로 일을 시키는 사람인 양 떠벌리고 다닌 것이었다.

"형, 나는 아무래도 이 일에 자신이 없어."
"괜찮아, 형이 도와줄게."

알던 형과 함께 대형 프로젝트를 기획했다. 그림 작가 200여 명의 작품을 모아 한 권의 포트폴리오 북을 만드는 일이었다. 큰 액수의 돈이 얽힌 일이었고, 굉장히 스케일이 큰 프로젝트였다. 사실 나는 일에 대한 경험이 많이 없었던 터라 내가 맡은 일에 자신이 없었다. 그럴 때마다 형은 나의 부족함을 채워주었다.

그러던 형이 중간에 일을 그만두겠다고 했다. 그러고는 업무에 있어서 나에 대한 문제점을 함께 했던 작가들에게 공론화했다. 자신이 그만두는 것은 파트너로서 내 능력이 부족한 탓이고, 내 책임이라 말했다. 작가들은 공분했다. 방만한 운영 태도를 지적하며 모두가 나를 욕했다.

물론 나는 내 능력 부족을 인정했다. 그러나 그 일을 도와주겠다던 형은, 마치 내가 강제적으로 일을 떠넘겼다는 듯이 사람들에게 말했다. 나는 어떻게든 사태를 수습하고 프로젝트를 마무리지었다.

"나는 자해하는 습관이 있어. 너한테만 얘기하는 거야. 다른 사람들한테는 비밀이야."
"응, 당연히 그래야지."

오래전 사귀었던 A라는 여자친구가 내 자해 흉터를 우연히 발견했다. 그렇게 그간 자해를 했던 습관을 비밀리에 고백하게 됐다. 이후에도 A와는 좋은 추억을 쌓으며 오랜 기간 연애를 했다. 하지만 이내 성격 차이로 헤어졌다.

A와 나 사이에는 우리 두 사람이 함께 아는 친구들이 많았다. 어느 날, 한 친구를 통해 A의 소식을 들었다. A는 친구들에게 내가 자해하는 것이 한심했다는 이야기를 하고 다녔다고 했다. 충격이었다. 비밀로 한 이야기가 모두에게 퍼졌다. 억울한 마음에 A에게 전화를 걸었다. 자해했던 사실을 비밀이라고 했는데 왜 얘기를 했느냐고 물었다. 그러나 그 친구는 그게 비밀인지 몰랐다고 했다. 내가 분명히 부탁했다고 다그쳤지만, A는 전혀 내 말을 기억하지 못했다. 그렇게 전화를 끊고 나는 펑펑 울었다.

인간관계에서는 다양한 오해가 발생한다. 각자의 말은 서로 다르게 해석될 수 있다. 때론 각자의 말을 서로 기억 못 할 수도 있다. 나는 그렇게 일어나는 갈등에 너무나 진절머리가 났다. 이 일이 너무나 심해져서 관계에 대한 피해망상으로 이어졌다. 그 누구의 말도 더는 믿을 수 없었다.

말이란 상대에 따라, 상황에 따라 얼마든지 잘못 받아들여질 수 있다는 것을 깨달은 후 나는 상대방의 말을 몰래 녹음하기 시작했다. 상대가 내 말을 잘못 기억하거나, 자신이 한 말을 제대로 기억 못 할 때 오해를 막기 위한 차선책이었다. 혹시 모를 갈등에 대한 두려움과 또다시 배신을 당할 수도 있다는 불안감에 대비책을 마련한 것이었다. 친구들과의 술자리에서도, 사무적인 일을 할 때도 모든 걸 녹음했다. 심지어 연인이 나에게 사랑한다고 얘기하는 것조차 녹음했다. 나와 주고받는 말을 전부 녹음해야 비로소 안심이 되었다.

그런데 갈수록 녹음에 대한 집착이 심해졌다. 한번은 사귀던 여자 친구와 말다툼이 생겼다. 사소한 문제에서 불거진 일이었다. 그 이유는 둘째치고, 싸움이 커졌던 가장 큰 이유는 누가 먼저 화를 냈는지에 관해 주장이 달랐던 데 있었다. 각자 네가 먼저 화를 냈기 때문에 내가 화를 냈다는 식이었다.

애초에 나는 화를 내지 않는 성격이고, 언성 높이는 것을 정말 싫어한다. 그런 내가 먼저 화를 냈다는 것은 말도 안 됐다. 그래서 참 그러고 싶지 않았지만, 여자 친구에게 몰래 대화 과정을 녹음한 것을 들려주었다. 여자 친구는 잠시 놀란 표정을 짓고는 이내 심각한 눈빛으로 나에게 말했다.

"그래, 내가 먼저 화를 냈네. 잘못했어. 그런데 이게 뭐 하는 거야?"
"뭐긴 뭐야, 녹음한 거지."
"너 평소에도 나랑 주고받은 대화들 다 녹음했어?"

여자 친구에게 내가 녹음하는 습관이 있다는 것을 고백했다. 왜 녹음에 집착하는지에 관해서도 설명했다. 여자 친구는 덤덤하게 말을 이어갔다.

"그래서 이렇게 녹음해서 달라지는 건 뭐야?"
"음…."
"서로 오해가 생겼을 때 녹음한 걸 확인해서 네 말이 맞으면, 어떤 승리감 같은 게 드는 거야?"
"승리감이라…."
"갈등이 생겼을 때, 그깟 녹음 파일로 사실 여부를 확인한다고 해서 갈등이 풀릴 거라고 생각하는 거야?"

"사실 그 뒤는 나도 생각을 안 해봐서 잘 모르겠네…."

"누구 얘기가 맞고 틀리냐가 너에겐 중요할 수 있겠지. 그런데 나는 너와 갈등이 일어났을 때 대화로 오해를 풀어가고, 설득하고, 배려하고, 옳고 그름을 떠나서 서로를 믿어주고, 누군가 먼저 져주기도 하면서 그렇게 감정을 공유하고 싶은 거야. 단순히 맞고 틀렸다는 팩트 체크를 원하는 게 아니라고."

나는 말을 잇지 못했다. 그간 녹음을 하면서 대화의 물증을 확보했다는 것에 나 혼자만 안정감을 느꼈던 거니까. 이걸 누군가에게 들려준 적은 없었으니 그 후의 파장은 전혀 예상하지 못했다.

"그동안 나를 못 믿어서 나 몰래 녹음하고 있었다는 걸 생각하니, 네가 더 무섭게 느껴진다."

녹음에 집착할수록, 어느 순간부터 사람에 대한 믿음도 사라졌던 것 같다. 새로운 사람을 만나든, 좋은 사람을 만나든, 이 사람과 또 관계가 끊어지리라 의심부터 했다. 여자 친구의 말을 듣고 보니 나 자신이 너무나 한심했다. '녹음 파일이 있어서 뭐 할 거야? 서로 갈등이 커져서 법정 공방까지 갈 경우를 대비한 거야? 법정에 가서 증거품으로 제출이라도 할 생각이었어? 대체 무엇 때문에 녹취를 한 거야?' 나도 답하기 어려운 질문들만 쌓였다.

오해가 풀린다고 해서 갈등이 해결되는 건 아니다. 오해가 풀린다고 해서 관계가 개선되는 것도 아니다. 일이 있고 난 뒤 얼마 지나지 않아 우리 관계는 소원해졌고, 결국 헤어졌다.

앞서 말했듯 녹음은 인간관계에서 벌어질 오해와 갈등, 나아가 또다시 배신을 당할 수도 있다는 의심에서 시작된 습관이었다. 그러나….

1. 어떤 사람이 배신할 것을 염두에 두고
   모든 사람을 의심하고 녹음하는 삶
2. 모든 사람이 배신하지 않을 거라고 믿는 삶

어쨌든 둘 중에 하나를 선택해야만 했다. 그리고 나는 녹음을 그만두기로 결심했다.

우울할 때 잡생각
인간관계

인간관계는 참으로 아이러니하다. 내가 노력하지 않아도 누군가는 나를 좋아한다. 반면 내가 노력해도 누군가는 항상 나를 미워한다. 인간관계는 노력으로 될 수 있는 그 무엇이 아니다.

인간관계에서 항상 우리는 피해자이자 가해자가 된다. 악의가 없었다고 해도 그 뜻은 제대로 전달되지 않는다. 매번 내가 생각하지 못한 부분에서 상대는 배신감을 느낀다. 상처를 주고받는 것은 언제나 예측하지 못한 우연 속에 일어난다. 누구의 잘못도 아니다. 우연일 뿐이다.

그러니 관계가 틀어졌다고 상대를 원망하지 말고 자책도 하지 마라. 그냥 '운이 안 좋았던 것뿐'이라고 합리화하는 게 정신건강에 이롭다.

설렘이란 무엇인가?

~~~

고등학교 3학년 때 연애를 처음 해봤다. 당시 나는 가정환경이 어려웠고 외모 콤플렉스도 있었으며 전반적으로 자존감이 낮은 상태였다. 그런 나를 누군가가 좋아해주었다. 신기했다. 이런 못난 나를 좋아해주는 이성이 있다는 것이. 그리고 나는 그 친구와 사귀게 되었다.

연애는 영화나 드라마에서처럼 선남선녀들이나 하는 것이라고 생각했다. 연애에 대한 환상이 가득 차 있던 때였다. 설레고 또 설렜다. 온종일 그녀를 생각했다. 그녀만 떠올리면 엔도르핀이 솟구치고 자신감이 충만해지고 모든 일이 잘 풀릴 것 같은 기분이 들었다. 그 시기만큼은 우울함도 못 느꼈고 부정적인 생각도 일절 들지 않았다. 그녀에게 멋진 사람으로 보이고 싶고, 성장해나가는 모습을 보여주고 싶었다. 설레는 마음은 삶의 원동력이 되었고, 진취적인 사고와 적극적인 행동을 하게 했다.

그리고 얼마 지나지 않아 그녀와 헤어졌다. 허무하게, 내가 차였다. 그녀가 말했다. 사귀고 나니 나에게 더는 호기심이 들지 않는다고. 핑계다. 그녀는 다른 남자와 바람을 피워서 작별을 고한 것이었다. 설렘으로 충만했던 나의 마음은 한순간 무너져 폐허가 됐다. 이불 속에 머리를 처박고 세상이 무너지듯 통곡했다. 몇 날 며칠 가슴이 아리고 고통스러운 시간을 보냈다. 그런데도 언제든 그녀가 돌아오면 다 용서하고 받아주리라 생각했다. 모든 이별이 그렇듯이….

그 후로 2년이 지났다. 시간이 지나면 마음은 식기 마련이다. 그 찰나에 그녀에게 연락이 왔다. 오랜만에 만나자고. 성인이 된 우리는 홍대에서 술 한잔을 기울였다. 취기가 오를 때쯤 "다시 사귈래?"라고 그녀가 말했다. 당황스러웠다. 과거 추억들을 떠올렸다. 마음 한편에 꼬깃꼬깃 구겨서 던져버렸던 그녀에 대한 마음을 보물찾기하듯 찾아 끄집어냈다. 순수했던 그 마음, 삶의 원동력을 만들어주었던 그 설렘, 사랑이라고 얘기할 수 있을 법한 그 마음을 다시 조심스레 펼쳐보았다.

한 번 구겨진 종이는 다시 펼친다고 새 종이가 될 수 없다. 구겨진 자국은 제아무리 노력해도 사라지지 않는다. 마음도 그랬다. 한 번 구겨지고 얼룩진 마음은 다시 순수했던 마음으로 돌아갈 수 없었다. 더는 그녀에게 설레지 않았다. 상실감에 빠졌다. 결국 감정은 무뎌지는 것임을, 마음이라는 것은 처음으로 되돌릴 수 없음을 깨달았다.

"너와 다시 사귈 수 없을 것 같아."

그녀와의 술자리는 그렇게 끝이 났다. 그 후로 우리는 서로 연락할 일이 없었다.

나이를 먹어가면서 자연스레 연애 횟수는 늘어났다. 하지만 확실히 말할 수 있는 건, 이제 누구를 만나도 설레지 않는다는 것이다. 상대가 매력이 없어서 설렘을 느끼지 못하는 게 아니다. 나의 문제다. 내 마음속에서 설렘이란 감정 자체가 완전히 사라진 느낌이다. 설렘이란 단어에 상실감마저 든다.

그러면 왜 연애를 하느냐고 반문할 수도 있다. 그러나 연애를 설레는 감정만으로 하는 건 아니지 않나? 상대에 대한 호기심, 알아가는 재미, 취향의 공유, 공감, 정, 위안, 그리워하는 마음 등등 복합적인 감정들이 있다. 사람에 따라 연애는 다양한 방식으로 채워진다.

내가 기대하는 설렘은 좀 더 원초적인 감정이고 순수한 마음이다. 내가 중심이 아닌 상대방을 중심으로 세상이 돌아가는 느낌이다. 완벽한 착각과 환상에 빠지게 되는 마력이다. 내 인생을 송두리째 바꿔놓을 수 있는 강렬한 에너지 같은 거다. 이런 기분은 손쉽게 느낄 수 없다. 무엇을 처음 접할 때나 경험할 수 있는 기분. 어쩌면 인생에서 딱 한 번 경험할 수 있는 것일지도 모르겠다. 첫 연애의 설렘 이후 단 한 번도 느껴보지 못한 것을 보면.

"설레라, 얍!" 한다고 설렘이 다시 찾아오진 않는다. 앞서 말했듯 구겨진 종이를 펼쳐봤자 구김은 사라지지 않는다. 물론 설렘이 없어도 연애를 한다. 그러나 더 이상 연애에 설렘을 느끼지 못한다. 어쩔 수 없는 것이라 해도 뒷맛이 씁쓸하다.

더이상 설렘을

느끼지 못하는 사람

。우울할 때 잡생각 。
사랑

"난 널 사랑해."

연인이었던 친구가 말했다. 듣기 좋은 말이다. 그러나 솔직히 나는 '사랑'이란 감정을 잘 믿지 않는 편이다. 정확히 말하면 사랑이란 단어를 잘 쓰려 하지 않는다. 좋다가도 싫고, 싫다가도 좋은 게 우리네 감정이다. 감정은 시시때때로 변하기 마련이다. 나는 우리 부모님이 좋다가도 싫다. 물론 싫다가도 다시 좋을 때가 있다. 마찬가지로 누군가를 사랑하다가도 미워하는 것을 반복하는 건 자연스러운 일이다.

그렇다면 이건 온전한 사랑이 아니지 않나? 그런데도 왜 뭉뚱그려 '사랑하는 사이'라고 포장하는 것인가? 우리에 겐 이보다 솔직한 단어가 있다. '애증'이다. 말 그대로 사 랑과 미움을 아울러 이르는 단어다. 모든 건 애증 관계일 뿐이다. 나는 부모님을 애증한다. 나는 나 자신조차도 애 증한다.

나에게 먼저 사랑한다고 말했던 연인이 나에게 되물었다.

"넌 날 사랑해?"

"글쎄… 감정을 한 단어로만 정의하는 건 어려운 것 같아. 정리되면 얘기해줄게."

사랑을 물을 때마다 나는 대답을 회피하곤 했다. 그리고 우리는 성격 차이로 얼마 지나지 않아 헤어졌다. 그제야 내 감정이 정의됐다. 내가 그 친구에게 가졌던 감정은 애 증이었다는 걸.

불안한 입맞춤

나르시시즘

어렸을 땐 '나르시시즘'이라 생각했는데, 지금 생각해보니 타인에 대한 일종의 '자기방어'였다. 관계에 대한 두려움과 불신으로 '난 나만 생각해. 난 나를 사랑하니까.' 따위의 '방어기제'를 간직한 채 살아왔더라.

존 윌리엄 워터하우스의 작품
〈에코와 나르키소스(1903)〉를
내 식대로 리메이크한 것

불행마저 경쟁하는 사람들

~~~~~

초등학생 때 반 친구들이 서로 아옹다옹하는 것을 지켜봤다. 한 아이는 얼굴이 시뻘개진 채 자신의 처지를 이야기했다.

"어제 우리 집에 무슨 일이 있었는지 알아? 부모님이 엄청 심하게 싸우셨어. 요즘 정말 자주 싸우셔. 물건을 죄다 던지고 부수고…. 매번 집안을 난장판으로 만들어놓는데, 나 정말 힘들어 죽겠어."

그 말을 듣자마자 다른 아이가 자신의 처지를 이야기했다.

"넌 그래도 나보다 나을걸? 우리 부모님은 이혼하셨어. 아빠가 맨날 알코올중독자처럼 술 마시고 들어와서는 엄마를 때렸다고. 나는 아빠가 죽도록 미워. 그럴 거면 날 왜 낳았는지, 참. 나도 힘들어 죽겠다."

또 다른 아이가 개입하여 자신의 처지를 이야기했다.

"배부른 소리 하네. 너희는 부모님이 살아 계시잖아. 우리 아빠는 돌아가셨어, 암에 걸려서. 아빠 아프실 때 집안 분위기가 어땠는지 아니? 진짜 힘들었던 건 나라고."

모여 있는 아이들은 저마다 자신의 비관적인 상황을 경쟁하듯이 떠들어댔다. 내가 더 힘드네, 내가 더 슬프네, 어쩌고저쩌고하면서 여기저기에서 탄식이 쏟아졌다. 그리고 나는 깨달았다. 인간은 누구나 자기중심적이어서 자신의 슬픔, 힘듦, 불행조차 누구보다 우위에 서고 싶어 한다는 것을. 참으로 재미난 일이다.

자기 할 말만 하는 사람들

~~~

나는 가끔 사람을 만나면 상대방의 대화 방식을 분석하려 들때가 있다. 주고받는 대화에 있어서 민감하게 반응하는 편이라 그렇다. 이상적인 대화가 가능해야 가장 이상적인 관계를 형성할 수 있다고 믿는다. 가령 내가 생각하는 이상적인 대화는 서로 '질문'을 얼마나 주고받느냐에 따라 좌우된다.

어렸을 때부터 사람을 처음 만나면 질문을 많이 던졌다. 상대방이 면접 보는 것 같다고 말할 정도로. 나는 면접관처럼 끊임없이 질문을 했다. "오늘 기분이 어때요? 본인은 어떤 성격이에요? 꿈이 뭐예요? 살면서 가장 슬픈 기억은 뭐예요? 왜 살아요?" 등등.

질문이야말로 상대방을 알아가고 이해하는 데 가장 필요한 요소가 아닐까? 관계의 시작은 대화이고, 대화는 언제나 누군가의 질문에서 시작된다. 예를 들면 보통의 대화는 이런 식이다.

A : 살면서 가장 행복했던 순간이 언제예요?

B : 저는 어렸을 적에 엄마와 아빠가 이혼하셨어요. 아빠가 어떤 잘못을 했는데… 어쩌고저쩌고… (중략) 그래서 함께했던 그때가 가장 행복했던 것 같아요.

A : 그러면 살면서 가장 슬펐던 기억은요?

B : 음… 고등학생 때 반에서 왕따를 당했는데… 어쩌고저쩌고… (중략) 아마 그때가 아닌가 싶어요.

이건 내가 생각하는 이상적인 대화가 아니다. 내가 중요하게 여기는 건, 서로 질문의 개수가 균형을 이루는 것이다. 즉, 핑퐁 게임처럼 질문을 받으면 받은 사람이 다시 질문을 던지고, 그걸 받은 사람은 다시 질문을 던지고, 이게 자연스럽게 이루어져야 한다.

A : 살면서 가장 행복했던 순간이 언제예요?

B : 저는 어렸을 적에 엄마와 아빠가 이혼하셨어요. 아빠가

어떤 잘못을 했는데… 어쩌고저쩌고… (중략) 그래서 함께했던 그때가 가장 행복했던 것 같아요. 그러면 A 씨는 언제가 가장 행복했는데요?

A : 음… 저도 비슷한 것 같아요. 가족들과 함께 TV 틀어놓고 평범하게 저녁 식사를 했던 거. 생각보다 행복은 소소함에서 오더라고요. 그러면 가장 슬펐던 기억은 뭐예요?

이런 식으로 A가 질문한 걸 B가 다시 질문하거나, 아니면 전혀 다른 물음이라도 상대방이 자기 이야기를 할 수 있게 돌아가는 질문이 있어야 한다.

그런데 이게 참 쉽지가 않다. 내가 만나온 사람들은 대체로 상대방에게 질문하는 것보다 자기 이야기를 하는 걸 중요히 여겼다. 내가 어떤 질문을 하면 자기 이야기를 시작하고, 그러다가 심취하여 더욱더 자기 이야기만 이어갔다. 한참 자기 이야기를 하고 나서 나에게 돌아오는 질문은 없었다. 이건 나만의 경험은 아닐 것이다. 당신도 누군가와 대화를 하다 한 번씩 느껴봤을 감정이다. '이 사람은 자기 할 말만 하네.'라는.

인간관계는 말을 하는 사람과 말을 들어주는 사람으로 이루어진 역할 놀이다. 자신이 어디에 속하는지는 한 번쯤 생각해보면 좋겠지만, 그렇다고 스피커와 리스너 둘 중에 누가 좋은가,

누가 잘났나를 따지는 건 무의미하다. 중요한 건, 이상적인 관계는 스피커와 리스너의 관계가 고정되지 않아야 한다는 사실이다. 때에 따라 스피커가 리스너가 되기도 하고, 리스너가 스피커가 되기도 하는 유동적인 관계여야 한다. 이게 가능하려면 서로 질문을 제대로 주고받을 줄 알아야 한다. 이왕이면 질문의 개수가 균등하면 좋다. 그렇지 않으면 대화는 한쪽으로 치우친다. 한쪽으로 치우친 대화, 치우친 관계는 별로 이상적이지 않다.

나는 오늘도 새로운 누군가를 만났다. 그에게 다양한 질문을 던졌다. 그 사람은 자신에 대해 한참을 이야기하더니, 끝내 자기 이야기만 주야장천 늘어놓았다. 헤어질 때쯤에 그가 나에게 말했다.

"이모르 님은 사람 이야기를 정말 잘 들어주시네요. 뭔가 편하달까?"

칭찬은 고맙다. 그러나 나는 그 사람이 전혀 편하지 않았다.

우울할 때 잡생각
타인

인간은 누구나 자기 자신에게 관심을 쏟는다. 타인에 대한 관심이 자신에 대한 관심보다 클 수는 없다. 사람들과 함께 사진을 찍으면 사진에서 다른 사람 얼굴보다 내 얼굴을 먼저 확인하는 것과 같다.

누군가에게 관심을 쏟는 데는 이유가 있다. 보상을 바라는 것이다. 타인에게 관심을 주는 만큼 타인도 나에게 관심을 주기를 바란다. 누구나 짝사랑하는 것을 원치 않는다. 되도록 일방적으로 관심을 주는 것보다 쌍방으로 주고받기를 바란다. 그것도 같은 질량으로. 손해 보기 싫으니까.

언제나 자기 자신이 먼저다. 나이를 먹을수록 더욱 심해진다. 심해질 수밖에 없다. 세월의 풍파를 겪다 보면 흔들리지 않도록 자기 자신을 먼저 부여잡아야 하니까. 거센 바람과 파도 속에서 다른 이를 신경 쓰다간 내가 먼저 흔적도 없이 사라질 수 있다. 자기 자신을 먼저 생각하는 것은 생존본능이다. '각박한 사회'라는 말이 괜히 나온 것이 아니다. 우리는 각자 살아남기도 힘든 사회에 살고 있다. 나만 생각해도 바쁜데 다른 사람 보며 관심 가질 여력이 없지 않은가.

생각보다 타인은 나에게 관심이 없다. 관심을 바랄수록 비참해질 것이다. 그러니까 우리는 나이를 먹을수록 타인의 무관심에 익숙해질 필요가 있다.

그래서 하는 말인데, SNS에 '좋아요' 좀 안 눌렀다고 해서 너무 슬퍼하지 맙시다.

낙서와 메모

사람들을 만나도 드는 공허함

~~~

그간 정말 많은 사람을 만났다. 직업 특성상, 내가 만드는 유튜브 콘텐츠 특성상 그럴 수밖에 없었다. 새로운 사람을 만날 때면 그에 대해 더욱 긴밀히 알고자 다양한 질문을 쏟아냈다. 그렇게 한 사람 한 사람을 알아가는 것은 굉장히 즐거운 일이었고, 창작 활동을 하는 데 수많은 영감을 주었다. 누군가를 만나 대화를 주고받는 것은 언제나 설레는 일이다. 내 머리와 마음속은 쉴 틈 없이 새로운 사람들의 새로운 이야기로 가득 채워졌다. 충만함이 들 만큼.

그러나 시간이 지날수록 마음 한편에 이유 모를 공허함이 느껴졌다. 처음엔 단순히 번아웃 같은 건가 싶었다. 그러다 어느 날 유튜브 컨텐츠를 제작하면서 알게 된 사람이 나에게 물었다.

"이모르 씨도 자기소개 한번 해주시면 안 돼요?"
"저… 저요?"

질문을 듣자마자 나도 모르게 한참을 머뭇거렸다. 말이 쉽게 나오지 않았다. 생각이 순간 일시 정지된 느낌. 자기소개를 어떻게 하더라?

"제 이름은 이모르고… 나이는 서른넷이고….'"
"그런 거 말고요. 사람들은 자기소개 하라 그러면 꼭 이름, 나이, 직업만 말하더라고요. 그런 게 자신의 전부가 아닐 텐데."
"그럼 어떤 얘기를 해야 하죠?"
"음… 자신을 설명할 수 있는 대표적인 키워드 세 가지를 말해봐요. 그 키워드를 말한 이유까지."

어려운 질문이었다. 매번 누군가에게 자기소개를 시켜보기만 했지, 정작 내가 나를 소개하려고 하니 도무지 생각이 떠오르지 않았다. 그도 그럴 것이 어느 순간부터 나는 콘텐츠 제작을 위해 누군가의 이야기를 들어주는 것에만 몰두했고, 나에 관한 이야기는 그 누구에게도 잘 하지 않았다. 다니던 정신과마저 바빠서 오랜 기간 못 가고 있던 시기였기에 내 감정을 이야기할 곳은 더더욱 마땅치 않았다. 언제부턴가 나는 나에 대해 이야기하지 않는 상황에 완벽히 익숙해져 있었다.

나는 그의 질문에 쉽게 답하고 싶지 않았다.

"솔직히 아무 생각도 나지 않아요. 그냥 대충 아무거나 말하면 될 것 같지만, 생각나지 않는 거 억지로 얘기 시작했다가 횡설수설하고 싶지도 않고요."

그리고 그날도 어김없이 그와 함께 그림을 그리고 영상을 찍고 헤어졌다. 그는 단순한 궁금증에 자기소개를 해보라고 한 거겠지만, 덕분에 나는 자아를 성찰할 수 있는 기회를 얻었다.

따지고 보면 나는 그간 나에 대해 이야기할 기회가 별로 없었다. 그렇기에 나에 대해 생각해볼 필요가 없었고, 내 감정을 돌아보지 않았고, 내가 나를 완전히 잊고 살았다.

매번 사람들을 만나 즐거운 시간을 보내도 마음 한편에 차올랐던 그 공허함은, 아마 내 안에 내가 없는 느낌에서 온 게 아니었을까?

현재 나의 감정은 무엇인가? 나는 나를 어떻게 설명할 것인가?

이 질문들에 대한 답이 쉽게 떠오르지 않는 요즘, 온전히 나 스스로 집중할 시간이 필요하다는 결론에 도달하게 되었다.

우울할 때 잡생각
네 편

인간관계는 완벽한 허상이며, 완전하지도 않다. 그렇기에 인간관계가 틀어지는 것에 상처받을 이유가 없다. 모든 관계는 돌고 돈다. 네가 무엇을 하든, 다수든 소수든 언제나 너의 편은 있다. 그러니 당당히 콤플렉스를 드러내도 된다. 남들이 이상하게 보더라도 너의 우울을 마음껏 표현해도 된다. 그 계기로 너를 포용하지 못하는 지인들은 알아서 걸러질 것이다. 너를 포용할 수 있는 이들하고만 어울리는 데에도 시간이 부족하다.

눈치 보지 마라. 얽매이지 마라. 두려워하지 마라.

언제나 네 편이 있다.

언제든 기대도 좋아.

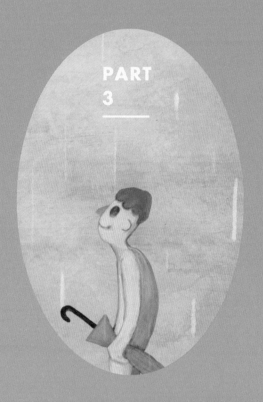

**PART
3**

나, 그리고 그림

질투심이 나를 그림 그리게 했다

~~~

어머니는 일본에서 가수 활동을 하시다가 한국으로 넘어와 아버지랑 사업을 하셨다. 그러다 우연히 MBC에서 진행하는 '주부가요열창'이라는 프로그램에 출연하셨고, 대상인지 최우수상인지를 타셨다. 상금과 더불어 유럽 여행 티켓을 받았다.

그렇게 우리 가족은 해외여행을 갔다. 아, 나만 빼고.

나만 빼고 엄마, 아빠, 형은 유럽으로 떠났다. 당시 내가 너무 어려서 비행기를 탈 수가 없었던 것이다. 나는 외숙모와 함께 집에 남았다. 외로운 마음에 종이에 낙서나 하며 시간을 보냈다. 어쩔 수 없었다고 하지만, 어린 마음에 내심 서운했다. 아니, 어린 마음이 아니더라도 나만 빼고 가족들이 해외여행을 가는데 어떻게 서운하지 않을 수 있을까. 특히나 세 살 터울이었던 형이 정말 부러웠다. 나도 형처럼 얼른 커서 비행기를 타보고 싶다고 생각했다.

그런데 성인이 되고 나서야 알았다. 내가 어려서 비행기를 탈 수 없었다던 부모님의 말은 새빨간 거짓말이었다는 걸. 그저 상품으로 받은 유럽 여행권이 3인 티켓이었기에 나만 남아야 했던 것이다. ···참나.

어렸을 적부터 우리 형은 부모님께 경제적 지원을 많이 받았다. 덕분에 형은 다양한 걸 배울 수 있었다. 바이올린, 피아노, 프로그래밍, 그 외에 다양한 사교육들까지. 그러다가 망할 IMF가 터졌다. 내가 초등학생일 때다. 가세가 기우니 나는 부모님으로부터 어떤 경제적 지원도 받지 못하게 됐다. 당시에도 나는 그림 그리는 걸 좋아했는데, 관심이 있는 만큼 그림을 전문적으로 배워보고 싶었다. 그러나 학원비를 낼 만한 경제적 여유가 없었다. 당연히 미술 학원은 문턱도 넘어보지 못했다.

고등학생일 무렵 일화가 있다. 미술 학원에 다니고 싶어서 학원비를 알아봤는데 생각보다 너무 비쌌다. 그런데도 꼭 한번 다녀보고 싶은 마음에 머리를 굴렸다. 순수하고 순진했던 시절, 내 딴에는 아이디어랍시고 기발한 생각을 떠올렸다. 바로 학원에서 청소나 잡일을 도맡아 하고 그 몫으로 수업을 받는 것이었다. 배움에 대한 열정을 보여주면 왠지 허락해줄 학원이 한 곳쯤은 있을 거라 생각했다.

인터넷으로 가볼 만한 학원들을 알아보고, 그곳의 선생님들 메일 주소를 찾아 장문의 편지를 써 내려갔다. '집안 사정이 넉넉지 않아 학원비를 낼 수 없지만, 꼭 한번 그림을 배워보고 싶습니다. 학원 청소든 무엇이든 모든 것을 다 하겠습니다. 이러쿵저러쿵….'

답장을 기다리며 하루가 지나고, 그렇게 일주일이 지났다. 회신을 주는 곳은 단 한 곳도 없었다. 허망했다. 내가 영화나 드라마를 너무 많이 본 건가. 결국, 현실은 현실이었다.

공부에 관심이 없었던 나는 대학 진학에도 별 관심이 없었다. 당연히 집에서 반대를 했다. 그러나 나는 내 주장을 굽히지 않았다. 부모님을 설득했다. 그 과정이 그리 어렵진 않았다. 나는 호기롭게도 부모님께 "가족에게 어떤 경제적 지원도 받지 못한 만큼, 두 분 기대에 부응하기보다 내 뜻대로 살겠어요."라고 말했다. 지금 생각해보면 먹여주고 재워준 고마움도 모른 채 좀 예의 없게 얘기한 것 같긴 하다. 하지만 당시 나는 대학을 가지 않아도 나 혼자 열심히 살아서 인정받고 싶다는 마음이 강했다.

매일같이 그림을 그려서 온라인 커뮤니티 이곳저곳에 올렸다. 어느 날, 내 그림을 보고 한 모바일게임 회사에서 연락이 왔다. 게임을 개발하는데 그래픽을 담당해줄 수 있냐고. 그렇게 고등학교 3학년 때 처음으로 외주 작업을 의뢰 받았다. 그 프로젝트를 끝내니, 결과물을 보고 다른 업체에서 연이어 일이 들어왔다. 작업비를 받아서 부모님께 일부 드리기도 하고 맛있는 것도 사드렸다. 기뻐하던 부모님의 모습이 아직도 생생하다.

더욱이나 기뻤던 건 형보다 빨리 돈을 벌었다는 사실이었다. 어렸을 적부터 부모님의 사랑을 독차지했던 형, 유럽 여행도 가고 경제적 지원도 받고 컴퓨터도 혼자만 쓰고 새 옷도 자주 샀던 우리 형. 어릴 때 형이랑 싸우면 부모님은 "어디 형한테 동생이 그래?" 하고 형만 두둔하셨다. 늘 부모님에겐 형이 우선순위처럼 보였다. 형에게 질투가 안 생길 리가 없었다.

형은 다양한 지원을 받고 대학에 갔지만, 막상 그 뒤로는 오랫동안 진로를 정하지 못하고 방황했다. 그것이 나에겐 기폭제가 되었다. 더욱 열심히 그림을 그렸다. 그래, 내가 그림을 그렸던 건 부모님의 관심을 받기 위함이었다. 난 별다른 지원을 받지 못했지만 하나만 열심히 파다 보면 형보다 빨리 부모님에게 인정받을 수 있다고 믿었다.

때로는 누군가에게 드는 질투심, 그리고 관심과 인정에 대한 갈구가 사람을 열정적으로 변화시킨다. 그 덕분에 지금까지 나는 그림을 그릴 수 있었다.

한 가지 안타까운 건, 이제는 나이를 먹었다는 것이다. 막상 나이를 먹으니 모든 면에서 무던해졌다. 가족에 대한 시시콜콜한 감정도 모두 누그러졌다. 마치 유통기한이 다한 듯이, 질투심은 물론이고 인정받고 싶은 욕구도 점차 사라졌다. 관심을 갈구하는 것도 더는 무의미하다. 그러다 보니 예전만큼 '열정적인 무엇'이 없다. 그림 그리는 일은 지루해졌고, 삶에 대한 열정도 사그라들었다.

'그래서 내 인생이 심심한 것일까?'

이런 마음이 들 때마다 생각한다. 다시금 질투할 상대가 필요하다고. 관심을 갈구할 상대가 필요하다고.

나 몰래 가족이 유럽 여행을 한 번 더 간다면 다시 열정을 되찾을 수 있으려나?

가장 친한 친구의 영향력

〰〰

25년째 알고 지낸 친구가 있다. 아마 가장 친한 친구라고 말할 수 있을 것 같다. 그의 이름은 안정승. 초등학교 3학년 때부터 인연이 시작됐다. 정승이는 만화 그리기를 굉장히 좋아했다. 나 또한 어렸을 적부터 그림에 관심은 있었지만 정승이만큼의 열정은 없었다. 나보다 더 그림을 사랑하는 아이였다. 우리는 서로의 그림에 피드백을 주고받으며, 그림에 대한 꿈을 함께 키워나갔다.

정승이는 확실히 그림을 잘 그리는 아이였다. 그래서 어릴 때는 그에게 일종의 경쟁심 혹은 열등감 같은 게 있었다. 그리고 한편으로는 정승이의 실력이 내가 그림을 좀 더 열심히 그릴 수 있게끔 만드는 동기가 되기도 했다.

정승이는 그림에 대한 명확한 꿈이 있었다. 계획이 분명했다. 훗날, 일본으로 넘어가 만화가가 되는 것. 신념이 확고한 아이였기에 나는 정승이가 계획대로 꿈을 이룰 수 있을 거라고 생각했다. 그 당시 나는 그림 실력도, 미래에 대한 계획도, 정체성도, 모든 게 어중간한 상태였다. 다행히 정승이를 지켜보며 그를 따라 하기도 하면서 나 역시 미래에 대한 계획을 조금씩 다져나갈 수 있었다. 내가 지금까지 그림을 그릴 수 있었던 데에는 정승이의 영향이 정말 컸다.

중학생 때는 정승이와 다른 학교에 다니게 되었다. 가장 친했던 친구와 떨어지고 나니 학교생활에 적응하는 데 어려움이 있었다. 암담했던 중학생 시절을 버티고, 고등학생이 되어서야 다시 정승이와 같은 학교, 같은 반이 되었다. 학창 시절 통틀어 가장 재미나게 학교를 다닌 시기였다. 너무나 좋았다. 매일같이 옆자리에 앉아 교과서에 신나게 낙서를 하며 놀았다. 좀 더 나이를 먹은지라 진로에 대해서나 그림에 대해 원숙한 토론도 나누었다. 만화가가 되겠다는 그의 꿈은 변치 않았다.

고등학교에 들어가서 첫 동아리 활동을 선택하는 날이었다. 재미나 보이는 게 많았다. 그중 왠지 연극이나 영화 동아리가 재밌어 보였다. 그러나 정승이는 무조건 미술 동아리에 들어가겠다고 했다. 그러면서 나에게도 함께 들어갈 것을 권유했다. 아니, 재촉했다. 그런데 나는 미술 동아리도 나쁘지는 않았지만, 방과 후 동아리마저 미술 동아리를 들어가는 것은 왠지 지루하게 느껴졌다. 그림 말고도 좀 더 이것저것 다양한 경험을 해보고 싶다고 생각했다. 그런데도 정승이의 회유에 못 이겨 어쩔 수 없이 미술 동아리에 들어갔다.

그 덕분에 학교생활 내내 질릴 만큼 실컷 그림을 그릴 수 있었다. 무엇보다 정승이와 함께 동아리 활동을 했다는 것에 의미가 있었다. 수업 시간에도 그림, 동아리에서도 그림, 방과 후에 서로 집에 놀러 가서도 그림. 그렇게 우리는 그림과는 떼려야 뗄 수 없는 관계가 되었다. 우리 둘은 미래에 그림쟁이가 될 운명임을 직감했다. 정승이라는 파트너가 있었기에, 나는 외롭지 않게 그림에 대한 꿈을 펼쳐나갈 수 있었다.

그러나 고등학교 1학년 1학기를 마친 어느 날, 정승이가 대뜸 내게 말했다.

"나 자퇴할 거야."

그의 말에 나는 충격을 받았다. '이제 겨우 고등학교 생활에 적응했는데….' 나 혼자 남겨지는 것에 괜스레 배신감이 들었다.

들자 하니 정승이는 제도권 교육에 회의감을 품고 있었다. 그는 자퇴하고 일본으로 넘어가 만화가 밑에서 직접 그림을 배우고 싶다고 했다. 그의 뜻은 이해하겠으나 맥이 빠지는 건 어쩔 수 없었다. 정승이가 옆에 있어서 그림을 더욱 열심히 그렸는데, 이제는 홀로서기를 해야 했다. 하지만 여전히 우리 사이에는 그림이란 매개체가 있었고, 우리는 서로의 꿈을 응원했다. 곧바로 그는 자퇴를 했다.

정승이의 영향을 받은 것일까? 고등학교 2학년 무렵부터 나역시 제도권 교육에 회의감이 들었다. 대학 진학에는 일절 관심이 없었다. 그래서 그림에 더욱 매진하기로 결심했다. 수업 시간에도 그림을 그리고, 동아리방에 가서도 그림을 그리고, 집에서도 그림을 그리고, 온종일 그림을 그렸다. 수능 날에도 시험을 보러 가지 않고 집에서 그림을 그렸다. 정승이 없이도 온전히 나혼자 그림을 그리는 생활에 차츰 익숙해져 갔다.

그러던 어느 날, 정승이의 소식을 들었다. 그는 일본에 만화를 배우러 가지 않았다고 했다. 부모님의 반대가 심했다고 한다. 또 검정고시를 보고 대학교에 간다고 했다. 그러고는 그림을 더이상 그리지 않겠다고 선언했다.

다시 한번 배신감이 들었다. 그가 변절자로 느껴졌다. 10대시절 내내 서로 피드백을 주고받으며 함께 꿈을 키우던 동반자는 이제 내 곁에 없었다.

나는 꿈을 좇았고, 그는 현실을 받아들였다. 정승이가 멋져 보이지 않았다. 나는 정승이에 대한 실망감이 큰 만큼 오히려 오기가 생겼다. '나는 오로지 그림만 그려서 인정받을 것이다. 한 가지 꿈을 좇겠노라. 정승이처럼은 되지 않을 것이다.'라고 다짐하며 더욱 열심히 그림을 그렸다. 이것 또한 좋든 싫든 정승이의 영향을 받았다. 정승이는 언제나 나를 그림 그리게 만들었다.

오늘도 나는 그림을 그리고 있다. 그림을 그리고 있으면 가끔 이렇게 정승이 생각이 난다.

이상을 좇는 삶, 현실과 타협하는 삶, 무엇을 선택하는 것이 현명한 결정일까? 어렸을 적 다양한 선택의 갈림길에서 나는 이상을 택했다. 하지만 이 삶이 마냥 순탄치만은 않다. 그림 그리는 삶은 배고픈 일이기도 하고, 미래가 보장되지도 않는다. 불안정한 생활이 지속되면 누구나 지치고 좌절한다. 그럴 때 나는 어렸을 적 나의 선택과 그림 그리는 일을 고집했던 나 자신이 후회스럽기도 하다. 나는 왜 정승이처럼 꿈을 일찍이 포기하지 않았는지, 괜한 자존심 하나 때문에 객기를 부린 것은 아니었는지 되묻기도 한다.

여전히 정승이와 종종 술자리를 갖는다. 얼마 전 정승이는 공무원이 되었고, 결혼까지 했다. 나는 그가 원망스럽기도 하고,

한편으론 부러운 마음이 들기도 한다. 그렇다고 이제 와서 꿈을 내려놓기에 난 너무나 멀리 와버린 느낌이다.

정승이는, 자신은 다시 꿈을 꾸기엔 이제 너무 멀리 와버렸다고, 오히려 그는 내가 부럽다고 한다. 그림 그리는 삶, 하고 싶은 거 하면서 사는 삶이 진심으로 부럽다고 말이다. 부디 지금처럼 자유롭게 살라고 말한다.

"어떤 삶을 살아도 후회스럽기는 매한가지야. 그렇다면 하고 싶은 거 하면서 사는 게 더 남는 장사라고."

정승이의 말이 일리는 있지만, 이상만을 좇는 자의 불안을 쉽게 잠재울 수는 없다. 그러나 한편으론 가장 친한 친구의 부러움을 사고 있다고 생각하면 내가 가는 이 길이, 이 삶이 조금은 괜찮은 건가 싶기도 하다. 혼란스러우면서도 기분이 묘하다.

정승이는 지금도 나를 그림 그리게 만든다.

우울할 때 잡생각

그림

1. 세상에 내 마음대로 할 수 있는 게 있나? 오늘도 우리는 직장 상사의 눈치, 학교 선생님의 눈치, 가족의 눈치 등등 매일 누군가의 눈치를 보며 살아간다. 그러나 도화지는 어떠한 지시와 강요도 하지 않는다. 눈치를 주지 않는다. 그렇기에 우리는 도화지 위에서만큼은 완전히 자유로워질 권리가 있다. 마음껏 뛰놀면 된다. 누군가에게 잘 보일 필요도 없다. 그림을 그린다는 것은 오롯이 내가 나와 함께하는 시간이다. 나 자신과 마주하는 유일한 순간이다.

2. 모든 일을 잘할 필요가 있을까? 도대체 '잘'한다는 기준은 무엇일까? 누가 정해놓은 기준일까? 그런데도 일상

133

생활에서 우리는 잘해야 한다는 수많은 강박에 시달린다. 어떤 분야에서든 돈을 받고 일을 하려면 일 처리를 잘해야 한다. 학생이라면 공부를 잘해야 좋은 성적을 얻을수 있다. 근데 굳이 그림까지 잘 그리려고 할 필요가 있을까? 당신이 전업 화가가 아닌 이상 굳이 잘 그릴 이유가 없다. 전업 화가가 꿈이라면, 지금 당장은 잘 그리는 게 중요한 게 아니라 '많이' 그리는 게 중요하다. 많이 그리려면한 장 한 장 그릴 때마다 재밌어야 한다. 그러므로 우선은 '잘' 그리려고 하지 말고 '즐겁게' 그릴 수 있는 방식을 찾아야 한다.

3. 꼭 모두를 설득시켜야만 할까? 대화를 하다 보면 우리는 끊임없이 누군가를 설득해야 한다. 설득하지 못하면내 의도를 제대로 전할 수 없기 때문이다. 그런데 우리는그림으로마저 누군가를 설득시키려 한다. 내가 그린 결과물을 누군가가 이해해주길 바란다. 나아가 인정받고 싶어한다. 이게 심해지면 주객이 전도된다. 내가 나를 표현하는 게 먼저가 아니라, 상대방이 이해하고 인정해주는 선에서 표현을 제약하며 그리게 된다. 하지만 그림은 자유

로운 자기표현의 수단이어야 한다. 누군가를 설득시킬 이유도 없고, 인정받을 이유도 없다. 나 자신만 이해하면 된다. 그래야 자유로워질 수 있다.

4. 그림마저 다 멋지고 예쁠 필요가 있을까? 우리 모두 장동건, 김태희가 될 필요는 없다. 물론 외모에 욕심을 갖는 건 그럴 수 있다. 그러나 우리에겐 각자 개성이 있다. 그림에도 각자 개성이 존재한다. 개성은 만드는 것이 아니라 존재하는 것이다. 같은 동그라미를 그려도 다 다르게 그려진다. 그림을 굳이 배울 이유도 없다. 살다 보면 나이를 먹고 자연스레 자기만의 연륜을 가지게 된다. 그림도 그저 그리다 보면 자연스레 자기만의 연륜 있는 스타일이 만들어진다. 그림을 그리는 것에 성형처럼 돈 들일 필요가 없다. 내가 나이기에 할 수 있는 표현을 매력으로 받아들이면 된다. 이왕이면 그림을 '잘' 그리려고 하지 말고 '날' 그리려고 하자.

5. 그리고… 그림 교습 문의 : 이모르 (인스타 @emornim)

잘 그리려고 하지 말고

날 그리자.

프리랜서가 되기 위한 과정

~~~~

그림 그리며 산다고 말하고 다니지만, 솔직히 그림으로 돈을 벌기란 쉽지 않다. 물론 처음엔 운이 좋아 그림과 관련된 일이 몇 번 들어왔다. 그래도 결코 안정적이지는 못했다.

나는 꽤 일찍부터 프리랜서로 활동했다. 많이 버는 달에는 4백~5백만 원을 벌었고, 적게 버는 달에는 아예 수익이 없는 것을 넘어서 마이너스를 찍었다. 그래서 그림과 관련된 다양한 공모전을 찾아 출품하기도 했다. 입상하면 상금을 받아서 부족한 생활비를 충당했다. 하지만 그렇게 몇 달을 버티면 또다시 생활고에 시달렸다.

안정적인 수익이 필요했다. 덕분에 다양한 아르바이트 경험을 쌓았다. 편의점, 피시방, 전단지 배부, 마트 판촉, 공사장 잡부, 그 외에 수많은 단기 아르바이트 등등. 처음엔 약간 자존심이 상했다. 가족과 친구들에게 그림 그리는 일을 하겠다고 단언해놓고선 그것과 상관없는 아르바이트를 하는 것이 왠지 체면이 서지 않았다. 그래서 그 사실을 숨기곤 했다. 아르바이트를 하더라도 웬만하면 집하고 먼 곳에서 했다. 혹여 동네 친구들을 마주치는 것이 창피했으니까.

물론 아르바이트를 했기 때문에 그림 그리는 일을 병행할 수 있었다. 그것으로 위안 삼았다. 아르바이트와 그림을 병행하는 것은 힘들었지만, 절대 그림 그리는 일을 놓지 않기로 다짐했다. 그림 일을 찾기 위해 분주히 노력했다. 꾸준히 그림을 그리며 포트폴리오를 차곡차곡 쌓아갔다. 인터넷에서 그림 외주 일을 눈이 빠지게 찾았고, 관련 서적을 읽으며 공부했다.

나는 내 그림들을 인터넷에 올렸다. 많은 사람이 활동하는 커뮤니티 혹은 내 개인 블로그에 공유했다. 그러면 내 그림을 마음에 들어 하는 업계 관계자에게 먼저 연락이 왔다. 그런 식으로 일을 의뢰 받았다. 그러나 이것만으로는 한계가 있었다. 나는 더 많은 일을 하고 싶었다. 돈이 필요했다. 아르바이트를 별개로 하지 않을 정도의 수익이 필요했다.

그래서 좀 더 적극적으로 나를 홍보하기로 했다. 이전까지는 감나무 밑에 누워서 홍시가 떨어지기를 기다렸다면, 이제는 감나무 위로 직접 올라가 감을 따기로 마음먹은 것이다. 인터넷을 검색하며 내 전문 분야인 일러스트레이션과 관련된 광고 에이전시, 출판사 곳곳의 이메일 주소를 기록했다. 그들에게 장문의 자기소개와 함께 포트폴리오를 첨부하여 메일을 보냈다. 훗날 알게 된 사실이지만, 이런 식으로 다짜고짜 이메일을 보내봤자 90%는 먹히지 않는다. 업체 담당자들은 이런 메일을 무수히 받기 때문이다. 스팸 메일 취급한다나. 그래도 간혹 친절한 담당자들은 포트폴리오 잘 봤다는 회신을 주기도 했다. 물론 일을 주진 않았지만….

그래서 이후에는 다짜고짜 업체에 전화를 걸어보기도 하고, 포트폴리오를 들고 사무실로 찾아가 보기도 했다. 그나마 면전에서 포트폴리오를 보여주니 나란 사람을 각인시키기 수월했다. 몇 개월 후에 나를 기억하고 일을 주는 담당자들이 생겨났다. 어떤 분야의 일이든 간에 정공법이 그나마 먹힌다는 걸 그때 조금 깨달았다.

사실 일이 들어와도 그 이후가 문제였다. 아직 경험이 많이 없었던 터라 페이를 협상하고 계약서를 작성하는 것이 굉장히 곤혹스러웠다. 업체 담당자들은 항상 내게 페이를 얼마나 주면 되느냐고 먼저 물었다. 하지만 나는 아무것도 몰랐다. 지금에야 조금만 인터넷을 검색해도 프리랜서가 분야별로 최소 페이를 어느 정도 받는지 정보를 찾을 수 있다. 그러나 당시에는 일러스트 분야의 시장 표준 단가가 정해져 있지 않았다. 정보가 없다 보니 기준점을 만들기 어려웠다. 그래서 나는 항상 "원하시는 금액이 있으면 맞춰서 작업해드리겠습니다."라고 말했다. 그러다 보니 말도 안 되는 돈을 받고 일하는 경우가 부지기수였다. 또 계약서를 제대로 쓰지 않아 돈을 제때 못 받는 일도 비일비재했다. 그래도 좋아하는 일을 하는 것이었기에 최대한 긍정적으로 생각했다. 남들은 비싼 학비 내고 대학교에서 전공하며 배우니까, 나는 일종의 성장 비용을 내는 거라고 생각했다. 하지만 억울함은 어쩔 수 없었다.

무슨 일이든 억울해봐야 바로잡을 수 있다. 이후 나는 점차 많은 것을 배워나갔다. 우여곡절도 심했지만, 그렇게 프리랜서 경력을 쌓아갔다. 외주 일이 늘어남에 따라 병행해오던 아르바이트도 조금씩 줄여나갔다. 그 시간만큼 그림에 더 집중할 수 있게 되었다.

이토록 치열하고 힘겹게 기반을 쌓아올렸다. 이제는 그림과 상관없는 일을 할 필요도 없다. 돈을 못 받거나 떼일 일도 없다. 친구들은 프리랜서인 나를 부러워한다. 클라이언트들도 나의 경력을 인정해준다. 이제 겨우 폼이 좀 나는 것 같다. 그렇게 어느

덧 프리랜서 생활도 15년이 되었다. 15년 동안 그림과 관련된 일로 어떻게든 먹고는 산 것이다. 감개무량하다.

물론 여전히 프리랜서 일은 안정적이지 않다. 미래가 보장되지도 않는다. 돈은 언제나 부족하다. 다만 그것을 제외한다면 남들보다 자유롭게 살 수 있다는 점, 시간을 내 마음대로 누릴 수 있다는 점에서 프리랜서의 이점은 분명히 있다…고 말하고 싶다만, 결국 프리랜서는 하루하루가 생존과의 싸움이다. 자유가 있기에 경제적인 힘듦을 일정 부분 대가로 지불해야 한다.

모든 것에는 대가가 따른다. 대가가 따르지 않는 일이란 세상에 없을 것이다. 분야를 막론하고 주변 모든 친구가 다 자신의 삶이 힘들다고 한다. 다 힘들다고 하니, 그래도 다행이란 생각이 든다. 모두가 힘든 현실 속에서 그나마 좋아하는 일을 하며 산다는 것, 그리고 좋아하는 일을 하면서 돈을 벌 수 있다는 것은 축복이다. 감사함을 느낀다. 이러한 마음들로 위안을 삼는다.

오늘도 어떻게든 버텨본다. 때로는 억울하고 때로는 좌절하기도 하겠지만 한 가지 확실한 건, 우리는 어떤 형태로든 성장한다는 것이다.

수면제에 취해 그림을 그리다

~~~

　유튜브를 시작했다. 처음에는 블로그에 일상을 기록하듯이 영상으로 기록해보고자 시작했다. 카메라를 사고 열심히 촬영과 편집을 공부했다. 힘든 노력 끝에 탄생한 첫 영상을 유튜브에 올렸다. 그러나 반응이 없었다. 유튜브는 꾸준히 업로드해야 한다고 하기에 열심히 영상을 찍어서 올렸다. 그러나 반응은 꾸준히 없었다. 누구도 나의 일상에 관심이 없었다. 좌절했다. 이렇게 사람들이 무관심할 줄이야.

　콘텐츠에 변화를 주었다. 직접 그림 그리는 과정을 찍어서 올렸다. 처음에는 주로 사회적으로 이슈가 된 연예인을 그렸다. 대마초를 피웠다던 한 가수의 얼굴을 그리고 찢었다. 학교폭력의 가해자였던 래퍼의 얼굴을 그리고 찢었다. 영상을 본 사람들은 잘못을 저지른 연예인의 얼굴을 그려서 찢는 행위가 통쾌하다며 관심을 가지기 시작했다. 그러나 사실, 나는 연예인 얼굴을 그리는 게 재미가 없었다. 연예인에 별로 관심도 없을뿐더러 그저 유튜브에서 관심을 끌기 위해 그렸던 것뿐, 나에겐 아무 의미가 없었다.

이 시기 나는 불면증으로 잠을 잘 못 이루었다. 그래서 병원에서 졸피뎀이라는 수면유도제를 처방받아 먹고 있었다. 사람에 따라 차이는 있지만, 나는 이 약에 부작용을 겪고 있었다. 약을 먹고 잠드는 날도 있었지만, 어느 날엔 약에 취해서 술 취한 사람처럼 이상한 말이나 행동을 했다. 그러나 다음 날이 되면 내가 한 말과 행동들이 전혀 기억나지 않았다. 그뿐만 아니라 약에 취하면 의지와는 다르게 수면제를 남용하는 날이 많았다. 그러면 다음 날 속이 매스꺼운 상태로 깨어났다. 인터넷에 검색해봤다. 나와 비슷한 경험을 한 사람들이 많았다. 그 안에는 약에 취해 자기도 모르게 위험한 일을 겪은 사람도 있었다. 매체에서도 이러한 부작용을 지적한 기록들이 남아 있었다. 나는 이 점이 흥미로웠다.

색다른 퍼포먼스 영상을 기획했다. 졸피뎀을 먹고 약에 취해서 그림을 그려보는 것이었다. 취지는 명확했다. 첫 번째는 약에 취한 상태에서 그림을 그리면 어떻게 나올지 알아보는 것. 무의식을 기록하는 느낌으로 말이다. 남들이 시도하지 않은 예술적인 퍼포먼스를 하고 싶었다. 두 번째는 약물의 부작용과 위험성을 고발하는 것. 그러면 사람들이 물을 것이다. 그냥 얘기로만 하면 될 것을 왜 군이 위험하게 약을 먹고 그림을 그리느냐고. 하지만 위험성을 알리려면 위험을 직접 보여줘야 효과적일 것이라고 판단했다. 또 말로만 떠든다면 재미도 없고 사람들이 관심을 주지도 않을 거란 생각이었다.

촬영은 내 작업실에서 했다. 카메라를 설치하고, 그림 재료들을 준비했다. 내가 약에 취해 무슨 행동을 할지 모르는 일이라, 만에 하나 누군가에게 피해를 주지 않도록 작업실 문을 꽁꽁 잠가 두었다. (나 스스로 위험해지는 건 솔직히 상관없었다. 오히려 '젊은 화가, 골방에서 약에 취해 그림 그리다 봉변…' 따위의 기사라도 난다면 지난날 내가 그린 그림이 재조명받아 값어치가 뛸지도 모른다는 생각을 했다.)

어쨌거나 만반의 준비를 마치고 카메라를 켰다. 촬영 초반에는 내가 불면증을 앓았고, 그간 졸피뎀이란 수면제를 먹었고, 부작용을 겪었고, 이 약은 꽤 유해하다는 것을 고지했다. 그리고 그림을 그리기 전 수면제를 카메라에 보여주고는 입안에 털어 넣었다.

이후부터는 기억이 나지 않는다. 다음 날, 잠에서 깬 뒤에 본 영상 속 모습은 가히 충격적인 동시에 꽤나 신선했다.

나는 수면제에 취해서 한 알을 더 먹고, 한 알 또 먹고, 그러다가 결국 열다섯 알을 먹었다. 게다가 무슨 정신이었는지는 모르지만, 핸드폰을 꺼내 인스타그램으로 그 과정을 실시간 중계했다. "저는 지금 수면제에 취했고, 이제 그림을 그릴 겁니다." 라고 사람들에게 배시시 웃으면서 말했다.

조금 시간이 지나자 내 작업실 문을 누군가가 쿵쾅쿵쾅 두드렸다. 문을 열었다. 경찰관과 소방관이 들이닥쳤다. 알고 보니 생중계를 본 누군가가 내가 위험해질까 봐 신고한 것이었다. 나는 수면제에 취했지만 꽤 멀쩡한 척을 하면서 그들과 대화했다.

소방관 아저씨가 말했다. 신고가 들어왔다. 졸피뎀을 많이 먹었다고 알고 있다. 그렇게 먹어서는 안 된다. 지금 위세척 받으러 가자. 그러나 내가 말했다. 나는 괜찮다. 약의 위험성은 알고 있다. 나는 지금 퍼포먼스 중이다. 상관하지 마라. 소방관 아저씨가 말했다. 알겠다. 그런데 우리는 이렇게 왔고, 당신에게 권고했고, 당신은 거절했고, 이후 책임은 당신 스스로 져야 한다. 나는 단호히 알겠다고 말했다.

그런데 카메라에 찍힌 경찰관 아저씨들의 태도가 재밌었다. 경찰관 아저씨는 내 신상정보를 알려달라며 신원을 확인했다.

내가 마약이라도 한 것 같았는지 전과를 확인했던 것 같다. 마지막으로 내가 위험한 행동을 하는 건 맞지만 나는 괜찮다고 얘기했을 때 경찰관 아저씨의 멘트가 인상적이었다.

"그럼 티를 내지 말아야지. 쯧쯧."

이 말인즉슨 생중계는 하지 말라는 얘기였겠지만, 나에게는 또 다른 의미로 다가왔다. '나는 나의 아픔도, 슬픔도, 혹여 내가 죽고 싶다는 이야기도 누군가에게 티를 내서는 안 되는 사회에 살고 있구나.'라고. 씁쓸했다.

소방관과 경찰관들이 철수하고, 나는 그림을 그리기 시작했다. 노래를 흥얼거렸다. 물감을 뿌리고 붓을 던지고 잉크를 입안에 머금고 내뿜는 괴이한 퍼포먼스를 해댔다. 자화상 같은 걸 그렸는데, 사람이 쭈그려 앉아 있는 형상이었다. 모든 게 흘러내리는 듯한 그림이었다. 만족스러웠다.

그러고는 작업실에 펼쳐놓은 간이침대에 철퍼덕 누웠다. 그렇게 잠이 들었다. 잠에서 깨어났을 땐 속이 굉장히 안 좋아 토를 몇 번 했다. 다시 세상이 선명하게 보였다. 전날 찍은 영상을 돌려보며 스스로 감탄했다. 희대의 퍼포먼스라고 생각했다. 곧바로 영상을 편집하고 유튜브에 올렸다.

엄청난 반향이 일었다. 뉴스 기사가 떴다. 유튜브 인기 동영상 탭에 내 영상이 올라갔다. 덕분에 내 유튜브 채널 구독자가 급격히 상승했다. 사람들의 반응은 가지각색이었다. '실험정신이 놀랍다', '당신이 겪은 정신질환 이야기에 감동했다', '졸피뎀이 이렇게 무서운 약인지 이제야 알았다'는 긍정적인 반응부터 '엽기적이다', '이렇게 위험한 행동을 굳이 해야 했나?', '아이들이 따라 할까 무섭다'는 부정적인 반응도 있었다.

내 영상은 엄청난 공론의 장이 되었다. 그러나 며칠이 지나지 않아 영상은 삭제되었다. 유튜브가 커뮤니티 위반으로 삭제했다. 약물 오남용을 부추길 수 있는 영상이라고 판단했던 것 같다. 억울한 마음도 들었지만 그냥 받아들였다.

일전에 〈그것이 알고 싶다〉라는 프로그램에서 졸피뎀으로 실험 카메라를 한 적이 있다. 그 외에도 많은 언론 매체에서 졸피뎀의 위험성을 이야기했다. 그러나 사람들은 여전히 모른다. 지금도 불면증으로 졸피뎀을 먹는 사람들이 다수고, 나와 같은 부작용을 경험하고 위험에 처했던 사람들도 더러 있다는 것을. 이러한 현실을 모르는 사람들을 위해 언론이 고발하듯이, 나는 나만의 표현 방식인 예술적 행위로 사람들에게 알리고자 했다.

나는 이 퍼포먼스를 통해 잠시나마 유튜브에서 인기 스타가 되었다.

수면제 먹고 무의식으로 그린 그림.

어떻게 그렸는지

전혀 기억나지 않는다.

너 혹시 자해하니?

～～～

나는 졸피뎀 퍼포먼스 이후부터 나를 더욱 적극적으로 드러내기로 했다. 정신병력을 사람들에게 공개하는 것에 아무런 거리낌이 없어졌기 때문이다. 그간 경계선 인격장애로 살아왔고, 우울증과 극심한 감정 기복을 겪고 있고, 지난날 자해를 해왔던 습관까지 모든 일화를 공개했다. 내가 유튜브를 시작한 초반만 해도 다른 유튜브 채널에 올라오는 영상들은 대부분 코믹하고 밝은 것들이었다. 나처럼 자신의 어둡고 우울한 이야기를 영상으로 드러내는 이는 별로 없었다. 그래서 그런 것일까? 내가 만드는 콘텐츠에 사람들이 점차 관심을 갖기 시작했다.

몇 가지 영상을 연달아 찍어 업로드했다. 처음에는 독백 형태로 나의 우울증을 이야기하고 그것과 관련한 감정을 그림으로 표현하는 영상을 올렸다. 다음 영상에선 나와 비슷한 질환을 앓고 있으나 누구에게도 얘기하지 못하는 사람들을 위한 위로의 메시지를 담았다.

가장 반응이 좋았던 영상은 〈너 혹시 자해하니?〉라는 제목의 그림 그리는 영상이었다. 자해 상처가 있는 팔을 그리고, 그 그림 위에 상처가 있는 내 손이 등장하여 악수하는 퍼포먼스 영상이었다. 1분도 안 되는 단순한 영상이었다. 그러나 이 영상은 급격히 관심을 얻더니 조회수가 폭발적으로 늘어나 40만에 육박하게 되었다. 영상에는 다양한 댓글이 달렸다.

"처음 자해를 들킨 날이 생각나네요. 너무 수치스럽고 역겨웠는데 손잡아주셔서 감사합니다."

"자해하시는 분들은 얼마나 힘드시길래 칼을 쥘 용기를 내셨을까요. 많이 힘드시죠. 괜찮아질 수 있었으면 좋겠어요."

"그림 하나로 위로가 되는 게 신기해요."

많은 이들이 내 영상에 고마움을 표시했다. 수많은 댓글을 읽으며 나는 놀라움을 금치 못했다. 세상에나, 자해로 힘들어하는 사람이 이렇게 많다니. 그리고 더욱더 안타까웠던 건 자해하는 사람 중에 10대 친구들이 너무나 많다는 점이다. 이들은 친구에게도 말을 못 하고, 부모님에게도 말을 못 하고, 그렇다고 정신과를 혼자서 가지도 못한 채 속으로 끙끙 앓고 있었다. 탄식이 저절로 나왔다. 이 어린 친구들이 자해했다는 사실을 어디에도 털어놓지 못하는 건 둘째 치고, 이 친구들이 자해를 왜 하는지에 대해 관심을 가지는 사람들이 없다는 게….

나는 나만의 방식으로 적극적으로 이들을 위로하기로 했다. 단순히 자해를 하지 말라는 얘기 따윈 하지 않았다. 그저 '너 혼자만 자해하는 것이 아니니 부끄러워하지 마라. 나도 오랜 기간 자해를 했다. 그러니 혼자 외로워하지 마라.'라는 메시지를 남겼다. 말로 하지도 않았다. 그러한 감정을 담은 그림을 한 장씩 그려서 영상으로 올렸을 뿐이다.

그림의 힘은 위대했다. 많은 친구가 내 그림을 보고 눈물을 흘렸다고 댓글을 달았다. 덕분에 자해를 멈출 수 있었다는 아이도 있었다. 누구는 살아갈 용기를 얻었다고도 했다. 많은 사람이 나에게 위로를 받을수록, 나도 그들에게 위로를 받는 듯한 기분이 들었다. 참 오묘했다.

나는 한낱 우울증 환자였다. 이것은 나의 치부이자 콤플렉스였다. 그런데 콤플렉스를 유튜브에 알리고 나니, 나와 같은 사람이 너무나 많았으며, 그들은 나에게 공감해주었고, 때론 나에게서 도움을 받았다. 지금껏 나는 내가 누군가에게 도움을 줄 수 있으리라 생각하지 못했다. 그러나 나를 있는 그대로 표현하는 것만으로도 힘겨운 이들에게 좋은 영향을 줄 수 있었다. 나는 미약한 존재라고 생각했지만, 누군가에겐 대단한 사람이 될 수 있었다.

그래서 더욱 용기를 냈다. 내 존재의 가능성을 키워준 그들에게 진심으로 고맙다.

'너 혹시 자해하니?'

퍼포먼스 영상 중 일부

가장 죽고 싶을 때 떠오른 영감

~~~

죽기 딱 좋은 날이었다. 누구나 이런 날이 있지 않나? 이대로 죽고 싶다는 감정이 북받치는 날.

모든 것이 허무했고 무의미했다. 무엇을 해도 허전하고 쓸쓸했다. 살아 있다는 느낌을 전혀 받지 못했다. 일상의 같은 패턴에 처절한 지루함을 느꼈다. 그냥 아무것도 안 하고 죽음이라는 오랜 잠에 들고 싶은 날이었다. 딱히 삶에 원망은 없었지만 그저 좀 쉬고 싶은, 이왕이면 길게, 어떤 책임도 지고 싶지 않은 그런 마음. 더는 감정에 속박되지 않고 자유로워지고 싶었다.

그림을 그리고 싶어도 그려지지 않았다. 살고 싶어도 미래가 그려지지 않았다. 더는 영감이 떠오르지 않았다. 영감은 사람마다 다양한 의미로 해석된다. 나 같은 경우엔 어떤 느낌 같은 건데, 말하자면 동기부여를 주는 에너지다. 무엇을 행할 수 있게, 무엇을 표현할 수 있게, 무엇에 가치를 창출할 수 있게끔 움직이도록 만드는 동력이다. 그런 영감이 떠오르지 않으면 나는 아무것도 할 수 없다. 그림도 내 삶도, 그 안에서 어떠한 의미나 가치를 만들어낼 수 없다.

'만약 지금 당장 죽는다면 무엇이 가장 아쉬울까?' 잠시 고민을 했다. 생각은 생각대로 하면서 나는 무의식적으로 내 SNS 계정을 훑어보았다. 그곳에 기록되어 있는 지난 추억들, 순간의 단상들을 다시 떠올리며 죽음 뒤에 아쉬워할 만한 것이 무엇이 있을지 찾아보았다.

단연, 내가 그린 그림들이 많았다. '그렇다면 죽고 나서 그림을 못 그리는 건 아쉬울까?' 이 고민에는 즉각 답이 나왔다. 그림은 전혀 아쉽지 않았다. 그림을 그릴 때는 항상 우울한 감정을 느낄 때였으므로…. 애석하게도 우울해야 그림이 잘 나왔다. 차라리 그림이 안 그려져도 좋으니 애초에 우울하지 않은 게 더 나았다. 그림 못 그리는 건 전혀 아쉽지 않았다. 매번 그 감정으로 돌아가고 싶지 않다. 지친다.

사진 중에는 다른 사람과 함께 찍은 게 많았다. 친구, 작업실에서 만난 새로운 사람, 모임에서 만난 사람, 일로 만난 사람, 지인의 지인 등등. 함께 찍은 사진을 훑어보면서 나는 새삼 놀랐다. 그 사진들 속 나는 항상 웃고 있었기 때문이다. 그게 뭐 대수냐고 할지 모르겠지만, 내게는 신선한 영감으로 다가왔다. 나는 혼자 있는 시간이 많기에 별로 웃을 일이 없다. 혼자 있는데 웃는 건 왠지 이상하지 않나. 그래서 종종 웃는 모습을 잊어버리곤 했다.

'내가 어떻게 웃더라? 왜 웃더라?'라는 물음이 머릿속을 스쳐갈 때 마침 사람들과 함께 활짝 웃고 있는 내 사진들을 보게 된 것이다. 물론 사람들과 함께 있을 때 가식적으로 웃을 때도 있지만, 사진 속 나는 진짜 웃음을 짓고 있었다. 반가운 마음, 즐거운 마음, 훗날 그리울 수 있으니 사진으로 남기는 마음은 모두 진심이었다. 그리고 깨달았다. 내가 죽은 후 아쉽게 느낄 것이 무엇인지. 그건 사람이었다.

인간관계로 스트레스 받는 부분도 많았지만, 그런데도 나를 웃게 만드는 건 결국 사람이었다. 죽으면 다시는 사람을 만나지 못한다. 죽으면 웃음을 짓게 만드는 사람을 만날 수가 없다. 그 부분에서 꽤 아쉬운 마음이 들었다.

'그래, 죽기 전에 사람이나 실컷 만나 보자. 그리고 그들에게 영감을 받아보자. 어차피 영화 보고 영감을 얻거나, 여행 가서 영감을 얻거나, 사람을 통해서 영감을 얻거나 다 같은 맥락이다. 사람은 한 권의 책과 같다. 사람을 사귄다는 것은, 한 장 한 장 넘기면서 그들의 세계를 탐험하는 여행이다. 그러다 보면 밑줄 칠 내용도 있겠지. 자극을 주거나, 동기를 주거나, 예상치 못한 아이디어를 주는 게 있을 것이다. 삶의 의미를 발견할 수도 있고. 그러나 이러한 것들을 못 찾더라도, 사람을 만나 웃을 수만 있다면 그걸로 족하다. 재밌으면 그만이다!'

새로운 유튜브 콘텐츠를 기획했다. 제목은 〈쇼미더드로잉〉. 콘셉트는 단순하다. 다양한 사람들을 만나 그들과 커뮤니케이션하며 함께 그림을 그리는 것이다. 사람과 사람이 만나 교감하는 과정을 담아보고 싶었다. 함께 그림을 그리는 이유는, 단순히 대화하는 걸 넘어서 그들의 세상을 이미지로 이해하기 위함이었다. 말로 다 표현되지 않는 것들을 그림으로 표현한다면 그것이 감정이 됐든 생각이 됐든 좀 더 구체적으로 이해할 수 있으니까.

자, 기획안은 떠올랐다. 본격적으로 사람들을 섭외하기 시작했다. 지인부터 시작해서 SNS에 홍보를 해 출연 신청자를 받았다. 생각보다 반응이 좋았다. 수많은 사람이 신청서를 보내 왔다. 나는 신청서를 통해 사람들의 사연을 모았다. 그중 재미난 사연을 가진 사람들 위주로 출연자를 선정했다.

이제 그 사람들을 한 명씩 내 작업실에 초대해 함께 그림을 그리고 촬영을 하면 된다. 생각해보면 살짝 어색하기도 하지만, 기대가 더 크다. 만반의 준비를 마치고 여행을 떠나기 전 들뜬 마음처럼, 오랜만에 마음이 설렜다. 처음 보는 사람에게 전화를 걸었다. "누구세요?" 하는 목소리가 들렸다. 이어 나는 말을 건넸다.

"반갑습니다. 이모르입니다."

가장 죽고 싶을 때 나는 새로운 사람들을 만났다. 영감을 주는, 웃음을 짓게 하는 새로운 세상을 알게 되었다.

겁

"그림을 왜 그리냐?"라고 묻거든 겁이 많아서 그리는 거다. 겁이 많아서 누군가에게 못 했던 말들, 겁이 많아서 표출하지 못했던 감정들을 묵혀뒀다가 이미지로 토해내는 거다.

그런데 만약 내가 겁이 없었다면, 과연 그림을 그렸을까?

겁이 없었다면, 과연 내 삶이 좀 나아졌을까?

과연 겁이 없었다면…

살았을까?

인간은 트라우마 앞에서 한없이 무력하다

~~~~

초록색으로 머리를 염색한 소녀를 만났다. 밝은 머리카락 색
만큼이나 첫인사는 발랄해 보였다. 그러나 이내 어색한 듯 미소
를 짓는 그녀. 발랄함이 자연스럽지만은 않았다. 무언가를 감추
기 위해 겉으로 밝은 척 위장하려는 느낌이 들었다. 뿌리는 검은
색이지만 끝은 밝은 초록색인 그녀의 머리처럼.

그녀의 이름은 이희진. 나이는 스물한 살. 희진 씨에게 자기
소개를 좀 더 부탁했다. 그러자 덤덤한 목소리로 내뱉는 말.

"정신과에 한 번 입원한 적이 있어요. 한 5개월 정도?"

만나자마자 자신의 정신병력을 가감 없이 얘기하는 그녀를 보고 꽤 당돌하다는 생각을 했다. 자신의 아픈 기억을 누군가에게 아무렇지 않게 말하려면 용기가 필요하다. 아무렇지 않기까지 혼자만의 힘든 사투를 벌여야 했을 것이고. 그 싸움은 보이지 않는 싸움이다. 내 안의 감정적인 문제는 오롯이 자기 자신의 몫이다. 겉으로 보이는 모습, 누군가의 눈에 결과적으로 비치는 모습 이면에는 그렇게 되기까지 수많은 과정이 뒷받침된다. 이는 누구도 알아주지 않는다. 그래서 인간은 외롭다.

나는 희진 씨에게 어떤 그림을 그리고 싶은지 물었다. 그녀는 커다란 괴물을 그려보고 싶다고 했다. 희진 씨가 그림을 주도적으로 그리면 나는 옆에서 장식을 더하기로 했다. 그녀는 생각보다 과감했다. 종이 중앙에 커다랗게 괴물의 형상을 표현했다.

나는 그간 그림을 가르치는 일을 하면서 많은 사람의 그림을 관찰했다. 비전공자들은 대부분 그림을 작게 그린다. 자기가 그려내기 어렵다고 판단되면 손부터 위축된다. 자신감 부족은 그림을 소극적으로 표현하게 만든다. 그에 반해 희진 씨의 그림은 처음부터 자신만만함이 느껴졌다. 그녀는 자신의 이야기를 이어나갔다.

"우울증과 PTSD(외상후 스트레스장애)가 있었어요. 그럴 수밖에 없는 상황이었어요. 제가 고1 때 엄마는 암 판정을 받았어요. 그런데 1년 정도 항암 치료를 받으니깐 몸이 살 만해졌나 봐요. 항암 치료를 그만두더니 집을 나가버렸죠. 어떤 남자랑 살 거라고.

사실 엄마랑 그 전부터 사이가 좋지 않았어요. 평소 연락을 자주 하는 사이가 아니었는데, 집을 나가고는 연락이 아예 두절됐어요. 그러다 제가 고3 때쯤에 연락이 다시 왔어요. 찾아갔죠. 다시 만난 엄마는 피골이 상접한 상태였어요. 이미 거의 죽어 있다고 봐도 무방할 정도로. 그리고 1주일 뒤에 돌아가셨어요."

가까이 있는 사람의 죽음은 트라우마로 남는다고 한다. 그러나 나는 사실 잘 공감하기 어려운 부분이었다. 애증이 가득했던 친할아버지가 돌아가셨을 때를 떠올리면 딱히 슬프지 않았기 때문이다. 오히려 슬픈 감정이 들지 않는 나 자신에게 씁쓸한 감정만 남았던 것 같다.

나는 곧이곧대로 희진 씨에게 이렇게 말했다. 그러자 희진 씨는 미소를 지었다. 같은 부류라 반갑다고 답했다. 이때부터 그녀와 나 사이에 끈끈한 무언가가 생겼던 것 같다. 공감대라고 해야 하나?

그러다 문득 궁금해졌다. '그 시기에 아버님은 무엇을 한 건가? 설마 돌아가셨나?' 보통 가족 이야기를 할 때 부모님 중 누구 한 명의 이야기가 생략되면, 사이가 안 좋거나 돌아가셨거나 둘 중의 하나인 경우가 많다. 그래서 나는 그런 사람에겐 부모님에 대해 먼저 묻지 않으려는 편이다. 하지만 어쩔 수 없었다. 나는 그녀를 좀 더 관찰하고 싶었고, 가족사에 관한 이야기를 완결짓고 싶었다. 그래야 그녀가 그리는 괴물 형상을 이해하는 데 좀 더 도움이 될 테니까.

"아버지는 뭘 한 거예요?"

"욕은 하면 안 되겠죠?"

"편하게 하세요."

"그 미친 새끼는… 제가 초등학교 5학년 때쯤에, 집에 아무도 없을 때 저를 성적으로 본 건지… 뭐, 그런 일이 있었죠. 그러고는 집을 나가더라고요. 그 후로 연락은 간간이 됐어요. 엄마가 일을 못 하니까, 생활비로 일주일에 만 원인가 보내줬죠. 오빠, 저, 엄마, 이렇게 셋이서 생활하는데 딱 만 원씩 보내줬어요. 지금 생각하면 기가 찰 일이죠. 그랬는데 그 생활비마저도 제가 중2 때쯤 끊겼어요. 지금은 살았는지 죽었는지…."

친족 성폭행이라니. 통탄할 노릇이었다. 너무나 큰 사건이기에 어떻게 반응해야 할지 당황스러웠다. 명백히 가해자와 피해자가 나뉘는 상황에서 내가 형사나 검사, 의사가 아닌 이상 무언가를 해줄 수 있는 게 없었다. 나는 더 오지랖을 부리고 싶지 않았다. 그저 내가 할 수 있는 일, 바로 그녀와 함께 작품을 만드는 일에 집중했다. 나는 그녀가 그린 괴물 형상을 좀 더 괴물답게, 사악하게 묘사했다. 그러나 단순히 그 미친 새끼를 상징해서 표현하고 싶진 않았다.

이것은 우리 모두의 트라우마다. 강렬하고 잔인하게 자신을 옥죄는 아픈 기억이다. 누구도 도와줄 수 없는, 스스로 깨부수어야 하는 내 안의 괴물이다. 그러나 많은 사람이 이 괴물을 무서워하며 회피한다. 괴물과 마주하는 것에는 엄청난 공포가 따를 것이고, 용기가 필요하기 때문이다. 하지만 이 괴물을 깨부수었을 때야 비로소 우리는 한 단계 성장한다. 트라우마를 극복하면서 우리는 단단해지고 강인해진다.

안다. 말은 쉽게 해도 사실 트라우마라는 괴물은 너무나 강력하다. 죽여도 죽여도 다시 태어나는 괴물이다. 그래서 트라우마를 극복하라는 말을 쉽게 꺼내는 사람들을 신뢰하지 않는다. 어쩌면 트라우마는 죽을 때까지 평생을 동반해야 하는 내 안의 또 다른 영혼일 수도 있다. 인간은 누구나 트라우마 앞에서 한없이 무력하다. 우리가 할 수 있는 건? 우리 자신이 나약하고 무력한 존재임을 인정해야 하는 것 외에 별다른 방법이 있을까 싶다.

희진 씨는 괴물에 한 사람이 목매달고 있는 그림을 그렸다. 함께 그린 작품은 이렇게 완성됐다. 합의하여 작품의 제목을 붙여보았다. 〈나는 나를 벗어날 수 없다.〉 근사한 제목이라고 생각했다. 그러나 한편으론 마음이 불편했다. 감정에서 벗어날 수 없는 존재, 아무것도 할 수 없는 존재라니…. 허무하고 씁쓸했다. 그림은 전반적으로 한없이 무기력해 보였다.

나는 이대로 끝내기가 아쉬웠다. 현실은 시궁창일지라도 그림은 얼마든지 이상을 표현해도 되지 않은가? 한 줄기의 희망을 표현하고 싶어 나는 태양을 그렸다. 도달하고 싶지만 도달하기 힘든 밝은 영역. 그렇다. 트라우마로 인해 힘들거나 우울한 사람일지라도, 항상 같은 자리를 맴도는 사람일지라도 언제나 나아질 거라는 일말의 희망을 품어야 한다. 절망적인 인생이라도 살아가야 할 동력은 있어야 한다.

희진 씨는 우리에게 '산소호흡기'가 필요하다고 말했다. 적절한 표현이었다. 죽을 것 같더라도 우리를 살려주는 것이 산소호흡기이고 희망이다. 희망은 돈 주고 사는 것도 아닌지라, 누구나 손쉽게 상상할 수 있다. 품었던 희망이 좌절된다면 새로운 희망을 상상하면 된다. 희망이야말로 현재를 살아갈 수 있게 만드는 에너지이자 누군가에게는 삶의 의미이지 않을까 싶다.

희진 씨가 내게 물었다.

"지금까지 살아 있는 이유가 뭐라고 생각하세요?"

나는 곰곰이 생각했다. '살아 있는 이유라…?' 쉽게 설명할 수 없었다. 우리가 함께 그린 그림을 지긋이 바라보았다. 내가 그려놓은 태양에 자꾸 시선이 갔다. 불현듯 영감이 떠올랐다. 정리되지 않은 생각을 무작정 내뱉었다. 언젠가 희진 씨와 또 볼 날이 있을지 모르겠지만, 오늘이 마지막 만남이 될 수도 있기에 이왕이면 해피엔딩으로 대화를 마무리하는 게 좋지 않을까 생각했다. 그녀와 나는 이 자리를 파하면 각자의 인생을 살아갈 것이다. 어쨌든 살아가야 하니까 무언가 대안이라도 있어야 하지 않을까? 일단은 서로 살아 있어야 다음 만남을 기약할 수 있지 않을까? 그래서 최대한 긍정적인 생각을 떠올렸다.

"잘은 모르겠지만, 기분 좋은 감정을 느끼기 위함이 아닐까 싶어요. 왜냐면 죽으면 기분 좋은 감정이란 걸 느낄 수 없잖아요. 살아 있으니 느낄 수 있는 그 감정을 위해 사는 게 아닌가 싶어요. 그림 속에 저 태양을 보고 있자니 문득 그런 생각이 떠올랐어요."

"맞아요. 열흘 우울하다가도 하루쯤 맛있는 걸 먹거나 재밌는 거 보면서 느끼는 행복들이 있죠. 신나게 놀고 집에 들어오면 '인생 이런 맛에 사는 거지~' 하는 생각도 들고."

그렇다. 이런 맛에 사는 거다. 살아 있었기에 오늘같이 누군가와 함께 그림을 그리고 재밌게 수다도 떨 수 있게 된 것이다. 절망적인 인생을 논하면서도 공감대가 형성됐던 그녀와의 컬래버레이션. 오랜만에 기분 좋은 감정을 느낄 수 있었다.

이윽고 그녀는 나에게 마지막 인사말을 전했고, 우리는 기분 좋게 헤어졌다.

"같이 살아나갑시다."

이희진×이모르 컬래버레이션
'나는 나를
벗어날 수 없다'

그저 그런 우울

우울하다. 그러나 '나만 우울한 건 아니겠지. 세상에 안 우울한 사람이 어디 있겠어?'라는 생각을 하면 괜스레 위안이 된다. 그런데 누군가에게 "우울해."라고 얘기했는데 그가 "너만 우울한 거 아니야. 세상에 안 우울한 사람이 어디 있니?"라고 답하는 건 괜스레 싫다.

내 우울함이 그저 그런 게 되어버리는 것 같아서.

마음은 정리하는 것이 아니라 단념하는 것

≈≈≈

"스물네 살 이보배예요. 카페에서 알바 하고 있어요."

보배 씨와 함께 우울함에 대한 그림을 그리기로 했다. 평소 그림 보는 건 좋아하지만 유치원 때 이후로 그림을 그려본 적이 없다는 그녀. 유치원생 때는 그림을 엄청나게 잘 그렸다고 한다. 나는 "그 시절엔 누구나 다 그림 잘 그리지 않아요? 저도 유치원 때는 피카소였어요."라고 농담을 던졌다. 그러자 보배 씨가 웃었다. 긴장이 조금은 풀리는 듯 보였다. 진지한 이야기를 하기에 좋은 타이밍이었다. 본격적으로 그림을 그리기에 앞서 그녀에게 최근 가장 우울했던 적이 언제였는지 물었다.

"매일 우울하죠."

"우울한 이유는요?"

"모르겠어요."

그렇다. 우울은 항상 이유 없이 찾아온다. 이유를 모르기에 우울을 벗어나는 게 어려운 것이다. 반면에 이유를 찾는다면 우울을 벗어나는 것이 한결 수월해진다. 이유를 아는 순간 그걸 해결하면 되기 때문이다. 물론 그 또한 쉽지만은 않다.

어쨌든 나는 보배 씨도 모르는, 그녀가 매일 우울한 이유를 알고 싶었다. 우울을 벗어나도록 돕고 싶은 마음이 아니었다. 그저 진솔한 이야기를 바탕으로 함께 작품을 만들고 싶어서일 뿐이었다. 내가 할 수 있는 건 그것밖에 없다.

문득 그녀에게 트라우마가 있는지 궁금했다. 보배 씨는 한참을 머뭇거리더니 천천히 입을 열었다.

"아버지가 다혈질이셨어요. 어머니를 때리기도 하고, 심지어 저도 맞으면서 자라왔죠. 결국 두 분은 헤어지셨어요."

그녀의 설명을 듣자니 전형적인 못된 아버지상이었다. 폭력은 어떠한 형태로든 정당화될 수 없다. 나쁜 짓이다. 폭력의 가해자는 피해자의 심정 따위는 개의치 않는다. 절대 헤아릴 수도 없다. 나는 가정폭력의 피해자는 아니지만, 중학생 시절 일진들에게 맞고 괴롭힘을 당한 기억이 있다. 성인이 된 지금에도 지워지지 않은 상처다. 그 기억으로 인해 나는 오랜 시간 타인의 앞에 서면 심리적으로 위축되곤 했다. 가끔 누군가 나에게 화를 내면 그 시절 날 괴롭혔던 친구들이 오버랩되기도 했다. 폭력의 잔상은 쉽사리 사라지지 않는다.

나는 보배 씨에게 아버지의 얼굴을 그려보는 것이 어떻겠냐고 제안했다. 그녀는 내 제안을 받아들이고 크레파스로 아버지의 얼굴을 크게 그렸다. 하지만 그녀는 생각보다 아버지 얼굴을 인자하게 표현했다. 의아한 마음에 물었다.

"아버지가 좀 인자해 보이네요?"

"한 번도 다정한 모습을 본 적이 없어요. 그림으로라도 다정한 모습을 보고 싶었어요."

"아버지를 원망하지 않아요?"

"원망하죠. 그런데 이게 무슨 마음인지는 모르겠지만, 한편으론 아버지의 사랑이 그리웠던 것 같아요."

사람 마음이란 참으로 복잡하고 오묘하다. 미워하다가도 정이 들 때가 있고, 사랑하다가도 증오심이 들기도 한다. 내가 선택할 수 있는 사항이 아니다. 감정이 갈피를 잡지 못하고 그저 그렇게 흐르는 것뿐이다. 그렇기에 인생은 혼란스럽다. 내 마음대로 내 마음이 정해지지 않으니….

"재밌는 이야기 해줄까요?"

"뭔데요?"

"남자 친구들 얘기요."

"남 연애 얘기가 제일 재밌긴 하죠."

"신기한 게 뭐냐면, 제가 아버지를 그렇게 싫어했는데 또 아버지와 비슷한 사람들을 만나고 있더라고요. 그런 사람에게 마음이 끌리고, 그러다가 상처받고를 반복하는 거예요."

"그렇다고 하더라고요. 싫은 사람이 있으면 그 사람의 마음을 다시 헤아려보고 싶어서 비슷한 사람을 찾게 된대요. 그 사람은 그때 왜 날 괴롭혔는지, 다른 이유가 있었는지 다시 확인하고 싶어 한다는 거죠."

"그런 것 같네요. 부모님이 헤어지고 아버지와는 볼일이 없었거든요. 그 굴레를 벗어났다고 생각했는데, 여전히 아버지라는 존재는 나에게 이상한 영향력을 행사하고 있는 것 같네요."

"아버지가 그리워요?"

"아버지가 그립다기보다는 아버지의 사랑이 그리워요."

"음…."

"참! 아버지는 바람도 많이 피우셨어요. 여자를 정말 좋아했던 것 같아요. 그런데 또 재밌는 건, 제가 만난 남자 친구들도 다 바람을 피우더라고요. 하하!"

"하하…."

체념하듯 내뱉는 그녀의 웃음소리에 왠지 모를 씁쓸함이 묻어났다. 나는 그녀가 그려놓은 인자한 표정의 아버지 얼굴을 섬찟한 표정으로 변형시켰다. 너무나 섬찟하여 잔상으로 오래 남아버릴 만큼. 그래서 여전히 보배 씨의 마음에 권력을 행사하는, 나쁜 인상으로 묘사하고 싶었다.

누군가 그런 말을 했다. '나쁜'이란 말은 '나뿐이다'의 준말이라고. 즉, 나밖에 모르는 사람이 나쁜 사람이다. 가정폭력을 행사하고 바람을 피우는 모든 행위는 나밖에 모르기에 하는 이기적인 행동이다. 그런데 그런 나쁜 아버지를 보배 씨는 무작정 증오하지 않았다. 관대한 마음에서 그런 것인지, 체념했기에 그런 것인지는 알 수 없다.

그러나 한 가지 확실한 건, 우리네 마음이란 너무나 복합적으로 이루어진다는 것이다. 감정이란 여러 가지 줄이 뒤죽박죽 엉

켜 있는 모양새이다. 이미 너무나 복잡하게 얽혀 있기에 그 줄을 하나씩 풀기란 불가능에 가깝다. 누군가 대신 풀어줄 수도 없는 노릇이다. 우리는 그저 저마다의 혼란스러움을 간직한 채 살아갈 뿐이다. 마음은 정리하는 것이 아니라 단념하는 것이다.

보배 씨는 마지막으로 하트를 그렸다. 그리고 하트 위에 엑스를 그었다. 그것을 반복했다. 이유를 물었다.

"사랑을 받고 싶었지만, 엑스. 다시 사랑을 기대했지만, 엑스예요. 언제나… 누구에게나…."

이보배×이모르 컬래버레이션

'내 인생은 언제나

엑스에 엑스'

우울할 때 잡생각
불안

사람은 불안해지면 누군가에게 자신의 상황을 이야기하고 싶어 한다. 자기 불안을 다른 사람과 같이 이겨내려고 한다. 불안을 혼자서 견디지 못한다.

그러나 불안은 사람을 강하게 만든다. 불안도 내성이 생긴다. 굳은살이 배길 정도로 뜨거운 것에 자주 닿으면, 나중에는 뜨거움을 느끼지 않는 요리사의 손처럼. 우리는 불안함을 견뎌내기 위한 마음의 굳은살이 필요하다.

말은 이렇게 했지만, 회의감이 드는 건 사실이다. 이게 가능한 일일까? 아무리 강인해져도 불안은 불안이다. 마음에는 굳은살이 배길 일 따윈 없다. 1020 젊은이도 불안하지만, 7080 노인들도 불안해한다. 인간은 끊임없이 불안해한다. 게다가 우리가 처한 이 사회 또한 불안하다. 뇌가 다치지 않은 이상, 불안함을 거역할 수 없다.

우리가 할 수 있는 건, 불안함을 받아들이고 그저 매번 괴로워하는 사실밖에 없는 것 같다.

자살 유가족에 대한 편견

~~~

"제가 초등학생 때, 엄마가 우울증으로 자살하셨어요. 그걸 직접 목격했고요. 그때는 죽음이란 걸 몰랐는데, 나이를 먹으니 엄마의 마음을 조금은 이해할 수 있을 것 같아요."

그녀의 이름은 정지영. 자살 유가족이었다. 그녀는 왜 내 스튜디오에 방문한 걸까?

"혹시 〈쇼미더드로잉〉에 신청하게 된 계기가 있을까요?"
"사람들이 가진 자살 유가족의 편견을 이야기하고 싶었어요. 제가 가진 감정을 그림으로 표현하고 싶기도 하고요."

지영 씨가 자살 유가족이라는 단어를 처음 말하는 순간, 나도 모르게 마음속에 어떠한 이미지가 그려졌다. '마음고생을 많이 했겠네. 힘들었겠다.' 그러나 내 마음속에 그려지는 이미지와 내 눈에 비치는 지영 씨의 실제 이미지에는 괴리가 있었다. 그녀의 목소리에서는 담담함이 아닌 당당함이 느껴졌다. 지영 씨는 당찬 미소를 지으며 자신의 이야기를 이어갔다.

"사람들이 자살 유가족을 보면 관심을 주잖아요. 불쌍하다며 동정을 표하기도 하고. 하지만 동정이 과해지면 전 불편하더라고요."

"일종의 걱정한다는 의미도 있겠지만, 그게 또 한편으론 부담스러울 수도 있겠다는 생각은 드네요."

"그렇다고 엄마의 죽음을 숨길 필요는 없잖아요. 제가 만든 사건도 아니니까요. 본인의 선택이잖아요. 근데 이거 가지고 사람들이 부모님이 없다, 혼자다, 얘는 고독하다…. 그게 왜? 어때서? 다 자기들의 시선이잖아요. 난 괜찮다는데, 괜찮다는데 왜 자기들의 색안경으로 저를 보는 거예요?"

하긴, 나 역시 과거에 우울증으로 정신병원에 입원했다는 이야기를 하고 나면 사람들의 시선이 신경쓰일 때가 있다. 그렇다고 내가 매일같이 우울한 건 아닌데, 사람들은 괜한 걱정을 하기도 한다. 내가 잠시 무표정이라도 지으면 요즘 힘드냐고 묻거나, 내가 괜찮아서 짓는 미소를 '힘듦을 숨기려고 애쓰는 것'이라고 해석하기도 한다. 나는 아무렇지도 않은데 왠지 그들이 바라보는 나의 모습에는 다시 우울이 드리워져 있는 것 같다. 부담스러운 건 사실이다.

지영 씨에게 어떤 그림을 그리고 싶은지 물었다. 그녀는 자화상을 그려보고 싶다고 했다. 우선 그녀가 좋아하는 색깔을 고르게 하고, 그녀가 주도적으로 그림을 그리면 나는 장식을 더하기로 했다. 머뭇거림도 잠시, 그녀는 도화지 위에 눈코입을 그려나갔다. 그리고 목을 그리려던 찰나에 빨간색 물감으로 목을 가로지르는 빨간 선을 그었다.

"이건 제 목에 난 상처예요."

"어떤 상처요?"

"어렸을 때 갑상선에 암이 발견됐다고 하는 거예요. 그래서 수술을 받았는데 오진이더라고요. 어찌나 허무하던지…."

"불행 중 다행이긴 한데, 수술까지 하셨다고요?"

"네. 그래서 목에 흉터가 크게 있어요."

그녀는 목에 있는 흉터를 보여주었다.

"그런데 이것 때문에 꽤 많은 사람들이 '너 자살 시도했냐?' 하면서 좀 흉측하게 바라보더라고요."

누군가에게는 충분히 그렇게 보일 수 있을 법한 자국이었다. 게다가 지영 씨의 어머니는 목매달아 자살했다고 한다. 자살 유가족이라는 프레임으로만 그녀를 본다면 분명 그 흉터는 자해의 상처처럼 보였을 것이다. 그녀가 사람들의 시선에서 느꼈을 불편함이 어떤 느낌인지 조금은 이해할 수 있었다.

문득 그녀의 남은 가족들 이야기가 궁금했다. 지영 씨는 어머니의 자살 이후 할머니, 할아버지와 함께 살았는데 비슷한 시기에 두 분 다 간질성 폐 질환을 앓다가 돌아가셨다고 한다. 그리고 혼자가 됐다고 말하는 그녀. 나는 또 한 가지를 물었다.

"어머님이 자살하셨으면, 당시에 아버님은요?"

"하아… 별로 그 이야기는 하고 싶지 않은데….."

"불편하시면 안 하셔도 돼요."

"그게 사실… 아버지와는 진작에 연을 끊었거든요."

"무슨 일이 있었나요?"

"아버지는 엄마가 자살한 이후에 엄마 쪽 사촌인 이모랑 사귀었어요."

말문이 막혔다. 이해가 잘 가지 않았다. 아니, 굳이 이해할 필요조차 없을 것이다. 다만 지영 씨가 느꼈을 상실감은 분명했으리라 생각했다. 그녀의 성장기는 다사다난이라는 말이 어울렸다.

그렇다고 그녀의 삶이 불행했을 것이라고 속단할 순 없었다. 그것은 오만이다. 이미 그녀 스스로도 괜찮다고 말하지 않았나. 나는 쉽게 반응할 수 없었다. 함부로 동정해서도 안 되었다. 동정에도 모종의 동의가 필요하다. 동의 없이 사람을 내 멋대로 판단하고 대하는 것은 결코 상대에 대한 배려가 아니다.

"제 인생이 좀 다이내믹해요. 이왕 말 꺼낸 김에 전 남자 친구 이야기 해드릴까요?"

"저야 다 궁금하죠."

"남자 친구랑 연애를 잘하다가 어느 날인가? 그날따라 그 친구 핸드폰이 너무 궁금하더라고요. 그래서 열어봤죠. 그리고 굳이 그 친구의 메일함을 열어봤어요."

"열어봤는데?"

"그 친구가 과거의 여자 친구들을 도촬한 사진을 발견했어요. 여자애들이 알몸인 채로 술이 떡이 돼서 쓰러져 있는 사진이었어요. 그걸 찍어놓은 거죠. 너무너무 충격이었어요."

"하아… 그래서 어떻게 됐어요?"

"넘길 수가 없더라고요. 그래서 그 친구랑 경찰서까지 가게 됐는데…."

"지영 씨도 직접 피해를 보셨어요?"

"아니요, 저는 안 입었어요."

"그래도 다행이네요."

"근데 그 피해 입은 여자들을 대신해서 신고해주고 싶었지만, 신고 자체가 안 되더라고요."

"진짜 가지가지 하네요."

지영 씨 곁에는 정말 아무도 없었다. 그리고 갑자기 문득 그런 생각이 들었다. '이런 이야기를 들었을 때 전문으로 상담해주는 사람이라면, 어떤 대안을 이야기해줘야 할 것 같은 부담이 들지 않았을까?' 나는 그저 같이 그림을 그리는 사람일 뿐이었다. 내가 할 수 있는 것도, 해줄 수 있는 것도 이뿐이라서 다행이라는 생각이 들었다.

나는 지영 씨 그림이 심심해 보이지 않게 장식을 더해주었다.

그러나 단순히 예쁘게 보이기 위한 장식을 그리고 싶진 않았다. 그녀의 이야기를 기반으로 좀 더 감정이 느껴질 수 있을 만한 색과 질감을 더해주고 싶었다. 어두워 보이기도 하지만 어둡지 않은, 밝게 보이기도 하지만 밝지 않은, 복합적이고 모호한 느낌을 주고 싶었다.

다행히 지영 씨는 내가 덧댄 그림을 만족스러워했다. 그리고 그녀는 그림 속 자신의 얼굴에 꽃을 그려주었다. 나는 나름 세상을 예쁘게 바라보고 있는데, 세상이 저를 힘들게 만드는 느낌을 주고 싶다면서.

그렇게 우리 둘이 함께 그린 작품이 완성됐다. 나는 그녀에게 작품 제목을 붙여보게 했다.

"이런 꽃 같은…? 하하하!"

〈이런 꽃 같은〉이라니, 뭔가 욕 같기도 하고 중의적인 어감이 마음에 들었다. 이런 꽃 같은 세상… 이런 꽃 같은 사람들…. 우리 모두 앞으로도 정말 꽃 같은 세상에서 꽃 같은 사람들과 함께 할 수 있기를 바라는 마음을 간직한 채, 지영 씨와의 컬래버레이션은 마무리되었다.

정지영×이모르 컬래버레이션

'이런 꽃 같은…'

우울할 때 잡생각
위로 1

1. 비를 맞고 있는 사람에게 우산 쓰는 법을 알려주는 게 아니라 같이 비를 맞아주는 것.

2. 울고 있는 사람한테 "울지 마." 하고 재촉하지 말자. 그 냥 계속 울게 내버려두자. 눈물은 시간이 지나면 자연스 럽게 멈추는 법이다. 위로에도 여유가 필요하다.

비가 올 때

같이 비를 맞아줄 사람이

몇이나 있을까?

우울할 때 잡생각
위로 2

"힘내."라는 말은 전혀 위로가 되지 않는다. 힘이 전혀 나질 않는데 힘내라는 말을 듣는다고 과연 힘이 날까? 내가 힘을 안 내서 안 나는 게 아니라 힘이 안 나서 못 내는 것이다.

"난 언제나 네 편이야."도 전혀 위로되지 않는다. 우울하고 힘든 건 무슨 전쟁 난 게 아니다. 적장과 싸우는 게 아니다. 서로 병사를 두고 대치하는 게 아니란 말이다. 그런데 내 편을 들어준다는 게 대체 무슨 소용이란 말인가.

"나도 그래."라는 말도 전혀 위로되지 않는다. 당신은 적어도 누군가에게 나도 그렇다고 말할 수 있는 여유라도

190

있지 않나? 난 누군가가 안중에도 없을 만큼 힘들다. 무슨 말을 떠들어댈 힘조차 없다. 난 너랑 똑같지 않단 말이다.

"어차피 사람 사는 거 다 똑같아." 같은 뉘앙스의 말도 전혀 위로되지 않는다. 나의 우울과 힘듦이 결국 남들과 똑같은 질량을 가지고 있다고 생각하는 것인가? 그런 전제라면 어차피 사람 사는 거 다 똑같은데 나만 헤어나오질 못하고 있는 기분만 들어서 오히려 더 비참해질 뿐이다.

'경청'하는 것도 사실상 위로되지 않는다. 흔히들 가장 좋은 방법이라고 하는데 내 생각은 다르다. 물론 누군가에게 내 얘기를 맘껏 털어놓으면 후련하긴 하다. 그러나 후련한 기분으로 끝이다. 당신이 내 얘기를 들어준다고 내 우울하고 힘든 상황이 실질적으로 바뀌는 것은 아니다. 당신에게 말하고 당신과 헤어지고, 다시 나 혼자가 되면 결국 힘든 감정은 언제나 내 몫이다.

내가 너무 예민한가? 나도 안다. 그래서 더욱 미안하지만, 우울하면 모든 것에 예민해진다는 것을 당신이 헤아려주기만 한다면, 그 자체만으로도 충분히 위로가 된다.

자살을 막지 못한 것에 대한 죄책감

~~~

　〈쇼미더드로잉〉에 출연하고 싶다는 신청서가 엄청나게 쏟아졌다. 생각지도 못한 반응이었다. 영상에 출연을 희망하는 사람만 현재까지 약 2천여 명이 넘었다. 덕분에 신청자들의 다양한 사연들을 만날 수 있었다.

　아무래도 내 유튜브 채널은 그간 우울한 이야기와 감성을 다뤄왔다 보니, 구독자도 나와 비슷한 감성을 지닌 사람들이 많다. 그래서 〈쇼미더드로잉〉 신청자들의 자기소개서에는 대부분 우울한 사연들이 주를 이뤘다.

　섭외 기준은 매번 다르긴 하지만, 대체로 어떤 심각한 사건을 겪거나 그로 인해 심각한 트라우마를 가지고 있는 사람들을 우선순위로 선정했다. 그러나 사연의 양이 너무 많아서 모든 사연을 정독할 순 없었다. 꽤나 오래전에 신청했는데, 우연히 눈에 들어와 뒤늦게 연락을 드리는 일도 많았다. 그중에는 정말 힘들어 보이는 사람이 있어서 뒤늦게 전화를 드렸더니, 지금은 괜찮아져서 출연하고 싶지 않다며 거절하는 분도 간혹 있었다. 거절을 당하면 왠지 아쉬움이 들기도 하지만, 한편으론 참 다행이라는 생각도 들었다.

내 유튜브 채널은 구독자들의 체류 기간이 길지가 않다. 보통한 유튜버의 팬이 되면 오랫동안 팬심으로 그 유튜브 채널을 지켜보는데, 나 같은 경우엔 그 팬심이 길게 가지 않는 것이다. 그래서 구독자수 대비 영상의 평균 조회수가 높지가 않다. 아마 내 생각엔, 내 채널이 우울한 감성을 지니다 보니 구독자들도 우울한 시기에 찾아오는 것 같다. 실제로도 공감받고 싶고 위로받고 싶어 내 채널을 구독했다고 말하는 댓글이 많이 있었다.

그러나 감정은 돌고 도는 것이고, 우울함도 시간이 지나면 일정 부분 해결되는 경우가 많다. 우울할 땐 다른 사람의 우울한 이야기에 공감하겠지만 괜찮아지고 나서는 기피하게 된다. 우울함은 전염성이 강한 것을 아니까. 다시 우울해지고 싶지 않아서 멀어진다. 사람 심리가 그렇다. 그래서 감정적으로 괜찮아진 사람들은 내 영상을 애써 다시 찾아보진 않는다.

유튜브 채널을 운영하면서 구독자들의 이런 패턴이 아쉽기도 하지만, 한편으론 참 다행이라고 느낀다. 나를 포함한 많은 사람이 더는 우울해지지 않는다면, 내 채널이 굳이 존재할 이유도 없을 것이다. 나 역시 영상에서 굳이 할 이야기도 없겠지. 내가 안 우울한데 뭐…. 차라리 그 편이 모두에게 이롭다.

〈쇼미더드로잉〉 게스트를 섭외하는 날이었다. 오래전에 신청한 사람들의 사연부터 다시금 읽어봤다. 그러던 찰나에 어느 20대 여성의 사연이 눈에 들어왔다. 10대에 학교폭력을 당했고, 20대에 들어서는 사회생활에 적응하지 못해 극심한 우울증으로 정신병원에 몇 차례 입원을 했다고 한다. 그리고 사연의 마지막에는 '이모르 님과 꼭 같이 그림 그리고 싶습니다. 제발 도와주세요.'라는 문장이 적혀 있었다.

나는 이분의 이야기를 들어보고 싶어 전화를 걸었다. 3개월 전에 신청한 사람이라 굉장히 뒤늦은 전화였다. 신호가 가는 동안 혹시 또 감정적으로 나아지셔서 출연을 거절하진 않을까 하는 생각이 잠시 스쳐 갔다. 신호음이 멈추고 중후한 여성의 목소리가 들렸다. 전화를 받은 사람은 다름 아닌 신청자의 어머니였다. 잠시 나에 대해 소개를 하고, 신청자분과 지금 통화가 가능하냐고 묻자 들려오는 대답은….

"제 딸은 얼마 전 죽었어요….."

자살이었다. 전화를 끊고 난 뒤 복잡 미묘한 감정이 들었다. 가슴 한편이 울렁이는데 그 이유가 쉽게 설명되지 않았다. 나 홀로 적막한 스튜디오에 앉아서 오만 감정에 휩쓸렸다.

순간 한 단어가 떠올랐다. '죄책감'. 그 순간 내 마음속을 지배하는 감정은 죄책감이었다.

나는 '만약에'라는 말을 별로 좋아하지 않는다. 그러나 '만약 내가 좀 더 일찍 전화했었다면 그녀가 자살을 안 하지 않았을까?'라는 생각이 자꾸만 사무쳤다. '그녀가 〈쇼미더드로잉〉에 출연하여 나와 함께 그림을 그리고 자신의 이야기를 털어놓았다면, 우울함을 좀 덜어낼 수 있지 않았을까? 그 영상에 달리는 사람들의 댓글을 읽고 그녀가 위로를 받지 않았을까? 내가 좀만 더, 좀만 더 연락을 일찍 했다면 적어도 그녀가 극단적인 선택을 하기 전에 조금이라도 머뭇거리지 않았을까…?' 생각들이 꼬리에 꼬리를 물어 머릿속이 매우 혼란스러웠다.

물론 난 신도 아니고 의사도 아니다. 나 때문에 그녀가 자살한 것은 더더욱 아닐 것이다. 또한 현실적으로 내가 모든 사람을 〈쇼미더드로잉〉에 섭외할 수도 없는 노릇이다. 그러나 막상 그녀가 자살했다고 하니, 그녀가 나에게 보낸 사연이 너무나도 절절하게 느껴졌다. '이모르 님과 꼭 같이 그림 그리고 싶습니다. 제발 도와주세요.'라는 문장이 정말 마지막 애원처럼 느껴졌다.

나는 너무나 충격을 받아 어찌할 도리가 없어 사람들에게 조언을 구했다. 돌아오는 사람들의 답은 결코 내가 죄책감을 가질 필요가 없다는 것이었다. 안다. 물론 나도 안다. 그러나 참… 이게….

내가 어쩔 수 없었다는 걸 알면서도 어쩔 수 없이 죄책감이 드는 건, 정말 어쩔 수가 없다.

오열하다.

우울할 때 잡생각
고통

모든 것이 힘들다. 무슨 일을 해도 잘 풀리지 않는다. 좌절하게 된다. 절망스럽다. 전생에 무슨 죄를 지었나 싶을 정도로 이 생이 고통스럽다. 그게 아니라면 지난날 내가 잘못한 게 많아서 벌을 받는 건가 싶다. 인과응보라고 하지 않나. 도무지 이 고통의 원인을 설명할 길이 없다.

잘못을 따지면 사소한 일부터 수많은 것이 있다. 길에 쓰레기를 버린 일, 지갑을 주워서 주인에게 돌려주지 않은 일, 친구에게 거짓말을 하거나 상처를 준 일, 내가 해야할 일을 하지 않은 것 등등. 자기중심적으로 살아왔던지라 잘못을 알면서도 행했던 일들이 비일비재했다. 단테의

《신곡》에 나오는 7가지의 죄악을 모두 갖추며 살았던 것 같다. 폭식, 나태, 색욕, 분노, 질투, 교만, 탐욕….

과연 세상에 청렴결백한 사람이 있을까? 누구나 잘못을 저지르고 뉘우치기도 하고 자책하며 그렇게 사는 거 아니었나? 그게 아니라면 나는 제대로 반성을 하지 않아 이 모양 이 꼴로 사는 건가 싶기도 하다. 신께 속죄하지 않아 고통을 받는 것일까? 현재 고통스러운 삶을 사는 모두가 나와 같은 걸까?

어쨌든 내 인생은 기대와 다르다. 내가 잘못을 저질렀다면 값을 치르는 건 당연하다. 만약 내가 나쁜 사람이었다면 말이다. 하지만 난 그렇게 나쁜 사람은 아니었던 것 같은데…. 왠지 억울한 마음이 든다.

고통 앞에선
모든 게 무력해진다.

또 한 번의 죄책감

~~~

내가 만드는 콘텐츠의 특성상 정말 많은 우울한 사람들이 나에게 SNS로 메시지를 보낸다. 우울한 고민을 상담받고자 하는 것인데, 나는 그 메시지들에 잘 응답하지 않는다. 수많은 사람을 상담해줄 물리적 시간도 없을뿐더러 내가 누군가를 상담해줄 만큼 대단한 사람이라고 생각하지도 않아서 그렇다. 나 또한 우울함에서 완벽하게 벗어난 사람이 아닌데, 우울한 내가 우울한 누군가를 상담한다는 것은 이치에도 맞지 않다. 수능 8등급인 사람이 똑같은 8등급을 과외해줄 수는 없지 않은가.

물론 메시지까지 보내주는 사람들에겐 너무나 감사하다. 그만큼 나를 신뢰하고 있기에 자신의 아픔을 이야기해주는 것일

테니. 미안하지만, 모든 사람을 상담해주지 못하고 대부분은 응답조차 못 해주는데 간혹 눈에 들어오는 몇몇에게는 답장을 해준다. 어떤 대안을 제시해주진 못하지만, 그저 그들의 이야기를 들어줄 뿐이다. 친구가 되어주는 것이다.

그중에 한 사람과 짧은 기간 동안 SNS를 통해 소통했다. 그녀는 자신이 과거에 낙태를 하고 힘들었다는 이야기부터, 종종 남자 친구 때문에 힘들다는 감정을 이야기했다. 어느 날에는 "손목에 자해를 하고 응급실에 와 있다."라고 이야기했다. 나는 그저 "소독이나 잘하고, 다음에 다시 자해하고 싶은 충동이 들면 차라리 나에게 연락을 해라."라는 정도로만 답했다. 가끔은 내가 조언을 해주기도 했다. 어찌 보면 상담이라고 부를 만한 대화를 주고받는 관계였다.

그런 그녀가 어느 순간 메시지를 보내지 않았다. 우울한 고민을 더 이상 이야기하지 않으니 이제는 우울함이 좀 나아졌겠거니 생각했다. 문득 근황이 궁금해져서 그녀의 피드를 구경했다. 그리고 알게 된 소식은 그녀가 얼마 전 자살했다는 사실이었다. 뒤늦게 연락한 〈쇼미더드로잉〉 신청자가 자살했다는 소식을 들은 다음 날이었다. 그 충격이 가시지 않은 채 또 한 번의 충격을 받았다.

나의 멘탈은 완벽히 산산조각이 났다. 또 한 번 죄책감에 시달릴 수밖에 없었다. 나에게 오는 수많은 메시지에 일일이 상담을 못 해주는 것에도 일종의 죄책감이 드는데, 이렇게 상담을 해줬던 사람에게도 죄책감이 든다니…. 대체 나보고 어쩌란 말인가….

한동안 나는 아무것도 할 수 없었다.

。우울할 때 잡생각 。
악플

유튜브 활동을 하면서 가장 많이 받는 악플은 '우울 전시', '패션 우울', '감성팔이', 이렇게 3가지다. 그러니까 내가 우울을 지나치게 전시하는 경향이 있고, 우울을 패션처럼 겉멋으로 소비하며, 트리거를 유발하고, 우울한 감성을 팔아서 돈을 번다는 것이다. 그런데 내 생각은 변함없다. 우울 전시를 하면 어떻고, 패션 우울이면 어떻고, 감성을 파는 게 뭐 어떻다는 건가? 나뿐만 아니라 모든 사람이 그 랬으면 좋겠다. 감정을 숨기고 사는 모든 사람이 제발 우울함 좀 전시했으면 좋겠고, 진솔한 감성이라면 좀 팔아서 누군가에게 위로라도 얻었으면 좋겠다. 우리 제발 자기감정에 솔직해지자. 억눌린 감정들 표출 좀 하고 살자. 죄지은 것도 아니잖아.

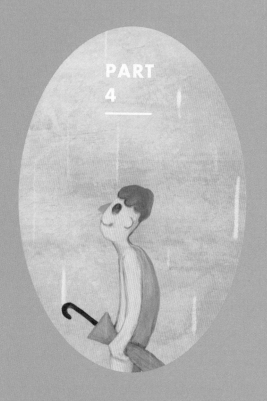

PART
4

나, 그리고 우울

10여 년의 자해, 그 시작

～～～

    고등학생 무렵 자해를 처음 시작했다. 당시 아버지는 매번 술에 취해 집에 들어오시곤 했다. 어머니와도 잦은 다툼을 하셨다. 그때 나는 아버지를 증오했다. IMF 이후 기운 가세를 어머니는 어떻게든 일으켜 세우려 노력하셨다. 하지만 아버지는 도박과 술에서 헤어나질 못하시고 집안을 더욱 엉망진창으로 만들었다.

    하루는 취한 아버지가 집을 아수라장으로 만들었다. 아버지의 행태에 질려 어머니는 잠시 집 밖으로 나가버리셨다. 집에는 나와 아버지 둘만 남게 되었다. 아버지는 정신 못 차리고 혼잣말로 욕설을 퍼붓고 물건들을 던지는 등 계속해서 난장판을 만들었다. 나는 그런 아버지를 보면서 눈물이 났다. 아버지를 무력으로 제압할 수도 없는 노릇이었다. 내가 할 수 있는 게 아무것도 없다는 무력감에서 나오는, 분노의 눈물이었다. 결국, 비이성적인 아버지의 주사에 나도 이성을 잃고 말았다.

나는 아버지가 마시던 술병을 바닥에 던져 깨뜨렸다. 그리고 그 조각들로 아버지 앞에서 손목에 상처를 냈다. 첫 자해였다. 내가 이렇게 마음이 아프고 힘든데 제발 그만 좀 해달라는 절실한 호소였다. 손목에서 피가 흘렀고, 그 이후는 잘 기억나지 않는다. 이내 둘 다 지쳐서 쓰러져 잠들었는지, 아니면 무의식중에 기억하고 싶지 않아 잘 생각이 안 나는 건지 모르겠다. 어쨌든 그날 나는 자해를 처음으로 학습하게 되었다.

자해는 간헐적으로 이어졌다. 사실 자해하는 심리는 굉장히 복합적이다. 누군가와 갈등이 일어났을 때, 상대방에게 직접 화를 드러내지 못하니 나 자신을 향해 표출하게 되는 과정에서도 자해는 발생했다. 모든 게 내 탓이고, 내가 못나서 그런 것이라고 생각했다. 내가 나에게 벌을 주는 것이었다.

어떨 때 지나치게 스트레스를 받으면 자해를 했다. 그러면 묘하게도 자신감이 생겼다. '피가 날 정도로 내가 나를 해하는데, 두려울 게 더 뭐가 있겠어?' 하는 심정이었다. 또한 동정받고 싶은 마음에도 자해를 했다. '힘들고 우울할 때 누군가 내 자해 흉터를 보고 관심을 주지 않을까?'라는 마음이었다.

그 후로 10여 년 정도 자해를 이어갔다. 그리고 현재는 자해를 완벽히 끊었다. 정신과 약물 치료와 입원 치료를 받으면서 자연스럽게 자해에 대한 갈망이 사라졌다.

아버지 때문에 시작한 자해이지만, 그렇다고 아버지를 원망하진 않는다. 자해했던 날들을 후회하지 않는다. 아픔이 있었기에 지금의 내가 있는 게 아닌가. 아파하는 다른 사람을 헤아릴 수 있고, 그들에게 희망을 이야기할 수 있지 않은가. 아픔이 있었기에 그림을 그릴 수 있고, 이렇게 글을 쓸 수 있게 됐으니 얼마나 감사한 일인가.

자해의 추억은 나에게 다양한 예술적 영감을 안겨주었다. 다만, 이 글을 보고 자해를 따라 할 생각은 하지 말았으면 한다. 솔직히, 너무 아프다.

아빠가 그러지 않았더라면,

나도 이러지 않았더라면….

우울할 때 잡생각

자해

1. 인간은 누구나 스트레스를 받으면 호르몬을 정상 수치로 만들기 위해 도파민이 필요하다. 이럴 때 자기파괴적인 행동을 하면 일시적으로 뇌에 도파민, 엔도르핀이 증가하여 쾌감을 느낀다. 나를 치료해주신 정신과 의사 선생님은 말했다. 인간은 누구나 자기파괴적 행동을 한다고. 자기파괴 행위는 다양한 형태로 이루어진다. 술 마시기, 담배 피우기, 정크푸드 먹기, 과소비하기 등등. 이 모든 것이 스스로 이롭지 않은 걸 알면서도 하게 되는 자기파괴적 행동들이다. 그리고 중독성도 강하다. 자해하는 것 또한 같은 이치다.

2. 자해에 대해 사람들은 편견이 가득하다. 그저 치기 어린 행동이라고 생각한다. 단순히 관심을 끌기 위한 행동이라고 말이다. 하지만 우리나라 10~30대 사망 원인 1위는 고의적 자해, 즉 자살이다. 자해는 자살을 택하기 전 하나의 신호일 수 있다. 그렇기에 자해는 단순히 나쁜 게 아니라 소리 없는 아픔의 상징임을 알았으면 한다.

3. 만약 당신이 자해를 하고 있다면, 그 사실을 더는 숨기지 않았으면 한다. 자해를 하는 주된 원인은 결국 우울이다. 우울은 숨길수록 더욱 악화된다. 다양한 방식으로 표출해야 한다. 글을 써도 좋고, 그림을 그려도 좋고, 누군가에게 당당히 털어놔도 좋다. 우울을 표출하는 방식이 다양해질 때, 비로소 자해할 필요성을 느끼지 못하게 될 것이다. 그러면 자해를 자연스럽게 멈출 수 있다. 부디 혼자서 끙끙 앓지 말았으면 한다.

경계선 인격장애란?

〰〰

　병원에서 경계선 인격장애라는 진단을 받았다. 경계선 인격
장애는 딱 하나로 정의되기 어려운 성격장애라고 한다. 정신과
의사 선생님이 말하기로는 감정 기복이 극단적이고 심해지는 것
이라고 한다. 대인 관계에서 불안정하고, 타인의 평가에 과할 만
큼 민감하게 반응하며, 타인에 대한 의심이 많아진다. 특히 감정
조절이 잘 안 돼 충동적이어서 갑자기 자해 등의 행동을 할 가능
성도 크다.

　20대에 나는 감정이 롤러코스터 타듯 수없이 오르락내리락
했다. 충동 조절이 되지 않아 자해도 많이 하고 폭식과 폭음도
했다. 내게 자제력 같은 단어는 어울리지 않았다.

또 타인을 대할 때는 항상 머릿속에 선입견을 심어두었다. '이 사람은 나를 싫어할 거야.' 혹은 '이 사람은 날 좋아하지만, 언젠가는 떠나버릴 거야.'라는 생각들이 머릿속을 떠나지 않았다. 상처를 덜 받기 위한 일종의 자기방어였다. 사람들은 언젠가 나를 싫어할 거고, 떠날 거라는 생각을 기저에 깔아두면 혹여 그런 일이 실제로 벌어졌을 때 '봐봐, 내 생각이 맞지? 이 사람에게 마음을 주지 않아서 다행이다. 내가 상처받지 않았잖아.'라며 스스로 합리화를 하곤 했다. 자연스레 사람을 깊이 사귀는 게 어려웠다.

반면 진짜 내 사람이라는 확신이 드는 사람에게는 한없이 집착했다. 그 사람이 내뱉는 말 한마디 한마디를 예민하게 받아들였다. 내게 조금이라도 서운하게 대하면 죽고 싶은 감정이 들었다. 한번은 사귀던 여자 친구가 저녁에 친구랑 놀기로 했다고 전화를 걸어왔다. 나는 알겠다고 답하고 전화를 끊었다. 그날 밤, 나는 그녀가 혹여 바람을 피우고 있는 게 아닐까 하고 끊임없이 의심했다. 그러다 '아, 내가 얼마나 못났으면 이 친구가 바람을 피우는 걸까?' 하는 자책이 들었다. 이어지는 건 수없는 자해였다. 하지만 나중에 알고 보니 여자 친구는 어렸을 적부터 친했던 동성 친구와 카페에서 수다를 떤 게 전부였다. 이러한 일들이 비일비재했다.

여자 친구가 이별을 통보하던 날엔 울고불고 매달렸다. 그러나 그녀는 단호했다. 그녀가 잠시 눈을 돌린 사이에 가방에서 샤프를 꺼내어 손목에 자해를 했다. 아무리 사랑한다고 말을 해도 통하지 않으니, 그 마음을 어떤 식으로든 보여주고 싶었다. 내가 이렇게 마음이 아프니깐 떠나지 말라는 심정이었다. 그 모습을 본 여자 친구는 깜짝 놀랐고 일단 나를 진정시켰다. 그 후로 몇 번 싸우고 자해하고를 반복하다가, 어느 날 그녀는 내게 마지막 말 한마디를 하고 완전히 떠났다.

"정말 너… 사람 질리게 한다."

그리고 어김없이 그날도 나는 자해를 했다.

감정이 급격히 좋아지다가도, 또 몇 분 내로 극도로 나빠지는 심한 기분 변화가 매일, 매 순간 지속됐다. 이러한 나 자신에게 자주 실망하다 보니 어느 날에는 모든 게 허무해지고, 무기력해지고, 공허해지기도 했다. 앞서 말했듯 경계선 인격장애란 딱 하나로 정의 내리긴 힘들지만, 내가 경험했던 증상들은 이런 것이었다.

다행스러운 건 30대가 된 지금은 자해도 더 이상 하지 않고, 예전보다 타인에게 집착하지 않으며, 누군가 건네는 말 한마디에 크게 일희일비하지 않게 되었다는 것이다. 이게 경계선 인격 장애가 나아진 것인지, 아니면 인간관계에서 오는 스트레스에 내성이 생긴 것인지는 모르겠다.

어쨌든 달라진 점이 있으니 좋은 일이긴 하다. 문제가 생기면 해소하는 방식이 예전보다는 건강해진 건 사실이니까. 하지만 나이를 먹어도 이전과 달라지지 않은 부분도 있다. 여전히 감정 기복과 우울감으로부터는 완벽히 벗어나지 못했다. 자해는 하지 않지만 폭식과 폭음으로 스스로를 힘들게 하기도 하고, 때때로 공허함과 무기력함 그리고 불면증을 앓기도 한다. 30대가 된 지금에도 나는 여전히 불안정하며 불완전한 인간일 뿐이라는 점이, 나 자신을 위축되게 만든다.

그러나 언젠가는… 이 힘듦과 고통에서 벗어나 진정 자유로운 인간이 될 수 있지 않을까…라는 작은 기대를 품고, 내일은 좀 더 나아지길 바라며 오늘 하루도 어떻게든 살아가고 있다.

고통 속에서 해방되어

저기, 저 멀리

여행을 갈 거야.

모두가 나를 싫어하는 것 같아서

~~~

20대 중반 무렵이었다. 그 시기에 나는 인간관계에 미숙했기에 잘못도 많이 저질렀고 갈등도 많았다. 생각 없이 내뱉은 말에 친구에게 상처를 주기도 했다. 악의가 있었던 건 아니다. 사람 대하는 게 서툴렀을 뿐. 그래서 종종 오해를 사곤 했다.

하루는 여러 친구와 함께 술자리를 가졌다. 그 자리에는 평소 나를 좋지 않게 생각하는 A라는 친구가 있었다. 내가 너무 이기적이고 자기중심적이라 싫다며, 마음에 들어 하지 않아 했다. 그런데 나 역시도 A를 똑같이 생각하고 싫어했다. 그 역시도 이기적이고 자기중심적인 건 매한가지였다. A와의 관계는 어색했다. 그래서 A와는 최대한 멀리 앉았다.

술자리는 시간이 지날수록 물이 올랐다. 모두 술에 취했다. 그러다 한 친구가 대뜸 나를 책망하기 시작했다. A와 나의 관계를 두고 나에게만 문제가 있다는 듯이 이야기를 하는 것이었다. 억울해서 해명을 했다. 그런데도 그 자리에 있는 친구 대부분이 A만 두둔했다. 아무도 내 편은 들어주지 않았다.

술에 취해 판단력도 흐려진 탓에 순간 피해망상이 들기 시작했다. 친구들이 의도적으로 나를 몰아붙인다는 생각이 들었다. 나를 이 구성원에서 밀어내기 위해 왕따 시키는 게 아닌가 싶었다. 내가 없는 자리에서 이미 수많은 뒷이야기를 했을 거라는 의심이 들었다. 자괴감이 고개를 들었다. 모든 게 내 잘못이라는 생각이….

술자리에 더는 앉아 있기 힘들었다. 혼자 술집에서 몰래 도망 나왔다. 눈물이 흘렀다. 사람들은 왜 나만 미워하는 걸까? 감정이 복받쳐 올랐다. 그리고 찾아간 편의점에서 커터 칼을 샀다. 주차장에 주차된 차 뒤편에 웅크려 숨었다. 그 자리에서 손목에 자해를 했다.

자해를 하면 모든 것이 나아지는 것 같았다. 손목에서 피가 흘러내리면 나의 잘못도 같이 씻겨 내려가는 기분이었다. 물론 지금 와서 생각해보면, 당시 내가 엄청난 잘못을 한 것도 아니었다. 그러나 그때는 어찌나 나 스스로가 밉고 원망스럽던지…. 원래 감정에 복받치면 모든 사실이 왜곡되어 받아들여지는 법이다.

어쨌거나 어떠한 이유든지 인간관계에서 갈등이 생기면 시간을 두고 대화로 풀면 그만이다. 그러나 당시에는 모든 게 서툴렀다. 갈등이 생기면 모든 잘못은 나에게 있다고 생각했다. 사람이 잘못했으면 반성을 해야 하지 않나. 그렇다면 반성하는 모습을 보여야만 사람들이 내가 잘못을 뉘우쳤다고 느끼지 않을까? 그러니 자해라도 해서 반성의 흔적을 남겨야 한다는 어긋난 생각을 했다. 그 시기에 나는 그랬다.

자해만으로 풀리지 않는 날도 있었다. 역시나 인간관계에서 사소한 오해가 불거진 일이었다. 하지만 나에게는 사소하지 않았다. 그래서 또 괴로운 마음에 술을 진탕 마셨다. 술에 취하면 자해 욕구가 더욱 심해졌다. 매번 하던 방식으로 자해를 시도했다. 커터 칼로 손목을 그었다. 그것만으로 해결이 되지 않았다. 그래서 커터 칼로 온몸 구석구석을 그었다. 어떤 곳은 피가 방울방울 맺혔고, 어떤 곳은 줄줄 흘러내렸다.

그럼에도 뭔가 부족했다. 원래 자해를 하면 복받쳤던 감정이 조금은 사그라진다. 그러나 이날은 달랐다. 매번 자해로 자학하는 것에 질려버렸는지, 이젠 내 존재 자체가 사람들에게 민폐라는 생각이 들었다. 당장에 처방받았던 정신과 약 수십 알을 한

번에 입안에 털어 넣었다. 생애 첫 자살 시도였다.

그리고 잘 기억나진 않지만, 술에 취해 쓰러졌는지 약 기운이 들었는지 그 자리에서 곧바로 잠에 빠졌다. 내가 원한 것은 기나긴 잠이었다. 그러나 현실은 녹록지 않았다. 길게 잠이 들었다가 다시 눈을 떴다. 그것도 아주 푹 자고.

깨어보니 나는 대학병원 정신과 보호 병동에 입원해 있었다.

만약 내가 죽는다면
누가 내 장례식에 와줄까?

이상한 사람끼리 위로하는 법

~~~

　나는 사람이 많은 곳에 적응을 잘 못 한다. 애초에 그런 성격이다. 낯선 이와 같이 방을 쓰고, 같이 밥을 먹고, 같은 화장실을 쓰는 것은 언제나 불편하다.

　그럼에도 나는, 정신적으로 힘들고 이상을 느끼는 사람에겐 병원 입원을 추천한다. 별다른 치료를 받지 않아도 입원하는 것만으로도 분명 효과가 있다. 나는 그랬다.

　병원에는 생각보다 많은 사람이 입원 생활을 하고 있었다. 그러나 대단히 조용했다. 다들 서로의 심기를 건드리지 않으려는 듯한 조심스러움이 느껴졌다. 하긴 다들 마음 한곳이 불편하여 입원한 것이다. 자기 자신만 챙겨도 힘든 지경에 다른 사람까지 신경 쓸 여력이 없다. 나도 그랬고. 누구에게도 말을 걸고 싶지도 않고 다가가고 싶지도 않았다.

사람이 많은 만큼 다양한 사람이 존재했다. 마법의 주문을 외우듯 중얼중얼거리는 사람, 온종일 멍하니 어느 한곳을 응시하며 미소 짓고 있는 사람, 넋이 나간 듯 복도를 끊임없이 돌아다니는 사람….

그중에 한 아저씨가 참 인상 깊었다. 듣기로는 조울증을 앓고 있다고 했는데, 내 생각에는 분노조절장애처럼 느껴졌다. 매일같이 병원에서 난동을 피웠다. 약을 먹어야 할 시간마다, 잠을 청해야 할 시간마다 간호사님들의 말을 듣지 않고 매번 크게 말다툼을 일으켰다. 병원 내에서 어떤 환자로 인해 시끄러워지면, 환자가 격리될 때까지 다른 환자들은 그 광경을 지켜볼 수 없다. 모두 방 안에 들어가 있어야 한다. 아마 그러한 상황을 다른 환자들이 직접적으로 마주하면 안 좋은 영향을 받을 수 있다는 판단에 생긴 규칙일 것이다.

어느 날, 그 아저씨는 여느 때와 마찬가지로 난동을 피웠다. 다른 환자들은 이제 익숙해졌는지 다들 침대 위에서 각자 조용히 밥을 먹거나 책을 읽었다. 하지만 나는 강한 호기심이 일었다. 아저씨가 격리되는 광경을 두 눈으로 보고 싶었다. 그래서 문을 빼꼼히 열어 그 아저씨와 분주하게 움직이는 간호사님들을 보았다. 아저씨는 고래고래 소리를 질렀다. 나는 그 소리를 가까이에서 들을 수 있었다.

"이 자식들이 나에게 독물을 주었다! 내가 모를 줄 알았냐? 어서 날 여기서 나가게 해주라고!! 이 나쁜 새끼들아!!!"

뭐, 이런 내용이었다. 혼자서 피해망상에 빠져 있는 듯한 그런 느낌. 나는 속으로 왠지 모르게 웃음이 나왔다. 저 아저씨는 진짜 이상한 사람이구나…. 그리고 잠시 후, 엄청난 사고가 일어났다. 아저씨가 바지에 똥을 싸버린 것이다. 그 모습은 가히 충격적이었다. 아저씨는 자신을 증명하기 위한 처절한 몸부림이자 시스템에 대한 저항의 의미로 그랬던 것 같다. 간호사님들과 의사 선생님들이 총출동했다. 아저씨는 바로 격리실로 이송되었다.

나는 그 아저씨를 보면서 괜한 반성을 했다. '내가 있어야 할 곳은 여기가 아니구나. 세상에는 나보다 더 마음이 아픈 사람들이 많았구나.' 이런 생각이 드니 왠지 모르게 안정감과 평정심이 느껴졌다. 나보다 이상하다고 느껴지는 사람을 보면 내가 평범하다는 것을 확인받는 기분이 든다. 이게 생각보다 위로가 된다.

물론 아픈 사람을 보면서 이런 마음을 갖는 게 좋지 않다는 걸 안다. 그러나 반대로 생각하면 다른 누군가도 나를 이상하게 느끼고 이 덕분에 위로받을 수 있지 않을까? 나는 이 또한 영광이다. 누군가에게 위로가 되고 도움이 되는 존재라니, 나란 존재에도 가치가 있다는 걸 증명받는 기분이다. 그래서 정신병원은 내가 모르는 나를 알게 되는 곳이자 자아 성찰하기 딱 좋은 곳이다.

정신병원에 입원해 있을 때

그렸던 그림들을

꼴라주하여 붙인 작업

정신병원 독방에 갇히게 된 이유

~~~~~

정신병원 하면 사람들은 흔히 어두침침한 감옥 같은 방을 연상한다. 편견이다. 영화나 드라마 등 대중매체 속에서 만들어진 이미지일 뿐이다. 실제로는 전혀 그렇지 않다. 정신병원의 병실은 일반 병원의 병실과 크게 다르지 않다. 밝은 조명, 개인 침대, 4~6인의 다인실을 기본으로 한다. 환자들이 공동으로 사용하는 휴식 공간과 화장실이 있다.

다만 차이점이 있다면, 정신병원은 개방 병동과 보호 병동(폐쇄 병동)으로 나뉘어 있다는 것이다. 병동 운영은 병원의 시스템마다 약간씩은 다른 것 같다. 내가 느끼기엔 개방 병동은 말마따나 구조가 좀 더 개방적이었고, 보호 병동은 좀 더 폐쇄적이었다. 개방 병동은 물건 반입에 큰 제재가 없으며 보호자 면회가 좀 더 자유롭다. 반면 보호 병동은 병동의 출입이 제한되어 있다. 환자 외출 및 보호자 면회도 환자의 상황에 따라 제한된다. 또 긴 끈이나 날카로운 물건, 유리병의 등 반입이 불가하다. 자해나 상해의 위험이 있기 때문이다. 나 같은 경우엔 자해로 인한 강제 입원이었기에 곧바로 보호 병동에 입원하게 됐다.

여담이지만 그림을 그리고 싶어서 연필이나 펜을 가지고 입원하고 싶었는데 병동 내 반입이 불가했다. 뾰족한 물건은 어쨌든 자해의 위험이 있기 때문이라고 했다. 유일하게 반입이 됐던 건 모나미 볼펜뿐이었다. 의아했다. 볼펜도 충분히 뾰족하지 않나. 그래서 의구심에 볼펜으로 손목을 대차게 그어봤다. 그런데 아무리 세게 그어도 절대 피가 나지 않더라. 병원에서 얼마나 많은 실험과 고심을 하고 모나미 볼펜만 반입을 허용했는지 알 수 있었다. 덕분에 병실에서 모나미 볼펜으로 드로잉 수십 작을 남기고 모나미 볼펜의 달인이 될 수 있었다.

입원하고 며칠간은 적응하는 데 어려움이 있었다. 더욱이나 자해의 중독성이 워낙 강해 그 갈망에서 벗어나기가 쉽지 않았다. 모든 중독자가 마찬가지겠지만, 중독된 행위를 하지 못하는 환경에 놓이면 불안하고 초조해진다. 나 역시 입원해 있는 동안 약을 먹고 치료를 해도 쉽게 나아지질 않았다.

그러다 한번은 병동 복도를 걷다가 주먹으로 벽을 힘껏 쳐봤다. 손가락 마디마디로 전해지는 짜릿한 통증이 손목을 긋는 자해에 대한 욕구를 해결해주었다. 그 후로 간호사님들이 없을 때마다 몰래 벽을 치곤 했다. 주먹이 퉁퉁 부을 때까지. 그러다 간호사님께 발각이 되어 벽을 치는 행위도 금지되고 말았다.

시간이 지나고 미약하게나마 예후가 좋아졌을 때 어머니의 면회가 허용됐다. 의사 선생님은 어머니가 동행하는 것을 전제로 병원 밖 외출을 허락했다. 신이 났다. 나가자마자 입원하면서 못 피우던 담배도 마음껏 피웠다. 어머니와 함께 밥을 먹고 나니 어느새 헤어질 시간이 됐다. 어머니가 잠깐 화장실에 가신 사이, 나는 병실에 가지고 갈 간식을 사러 편의점에 들렀다. 진열된 물건들을 쭉 보는데 갑자기, 눈앞에 커터 칼이 보였다. 순간 충동적으로 커터 칼과 간식거리를 섞어서 몰래 계산했다.

그리고 나서는 이 커터 칼을 어떻게 병동에 반입할 수 있을지 머리를 굴렸다. 생각한 끝에 속옷 안쪽에 칼을 숨기기로 했다. 이건 말도 안 되는 짓이었다. 원칙에 어긋난 일이었으니까. 병동 내에 모든 사람이 위험해질 수 있는 일이기도 했다. 나도 잠깐 회까닥 한 마음에 저지른 짓이다. 그러니깐 절대 이 글을 읽고 따라 하는 분이 없었으면 좋겠다. 따라 했다가는 그만큼의 응징을 당할 수 있다. 절대 따라 하면 안 된다!

커터 칼을 숨기고 병동으로 돌아와 시간을 보내다 밤이 됐다. 자해의 충동이 멈추지 않았다. 욕망에 이끌려 밤중에 잠을 자지 않고 화장실에 갔다. 그리고 온몸에 자해를 하기 시작했다.

그런데 자해를 하면서 눈물이 나더라. 내가 또 왜 이런 짓을 하고 있나. 한심했다. 대체 이 병원에서 얼마나 있어야 완벽하게 치료받고 퇴원할 수 있는 건지…. 퇴원한다 해도 미래를 생각하면 막연하고 또 불안했다. 복잡한 마음에 울컥 눈물이 났다. 그리고 병원 내부가 완전히 발칵 뒤집혔다.

간호사님, 의사 선생님들이 화장실 문을 열고 들어와 나를 질질 끌고 나왔다. 커터 칼은 당연히 압수됐다. 곧바로 독방(CR)으로 끌려 들어갔다. 독방에 들어가서도 계속 진정을 못 하고 발버둥치면 포박을 당한다. 나는 어김없이 침대에 포박을 당했다. 막상 상황이 이렇게 되니 순간 당황스럽기도 하고 무섭기도 했다. 몇 시간 뒤 내가 좀 진정하니까 포박을 풀어주었다. 그러나 그날 하루는 독방에서 잠을 이루어야만 했다. 다음 날이 되어서야 독방에서 비로소 나올 수 있었다.

이날의 사건 이후로 나는 깊이 반성을 하고 병원 내에서 모범 환자가 됐고, 입원 한 달 만에 퇴원을 했다는… 아주 훈훈한 성장형 결말로 이야기는 다행히 잘 마무리된다.

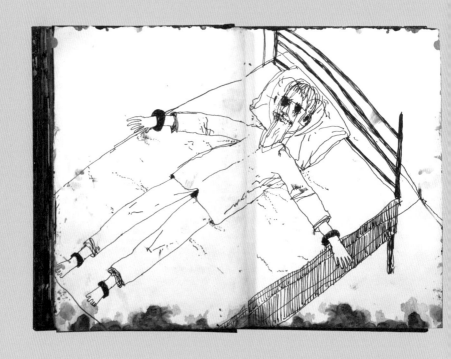

독방에 갇혔을 때.
근데 독방이라고 해서
무서운 공간이 아니라
아늑하고 쾌적해요. 하하하…

내게 수면 주사를 놓아주오

~~~~~

집에서도 잠을 잘 자지 못했다. 낯선 공간에서 잠자는 건 더욱더 힘들다. 게다가 정신병원에 입원하고 여럿이 한 병실에서 잠을 자려고 하니깐 정말이지 제대로 잠을 이루기가 어려웠다. 여기저기에서 코 고는 소리는 잠드는 일 자체를 불가능하게 했다. 병원이 아니었더라면 처방받은 수면제를 진탕 먹어서라도 어떻게든 잤을 텐데, 병동에선 당연히 약물 남용을 허용하지 않았다.

밤 9시~10시가 되면 병실 내 소등이 이루어진다. 처음부터 수면제를 주지 않는다. 어떻게든 자의적으로 잠을 잘 수 있게끔 만드는 것이다. 그러다가 한두 시간 안에 잠들지 못하면 간호사님께 말한다. 그제야 수면제 한 알을 건네받을 수 있다.

그런데 문제는 입원 전부터 나는 불면증으로 인한 수면제 과다 복용으로 수면제에 내성이 있다는 것이었다. 약발이 잘 받지 않았다. 수면제 한 알로는 턱도 없었다. 그래서 2알, 3알 좀 넉넉히 달라고 했는데 간호사님은 내 말을 절대 들어주지 않았다. 병원 내 규정은 확실했다.

그러던 어느 날, 특정 환자에게는 수면제를 주사로 놓아주는 장면을 목격했다. 정말 잠을 못 이루는 사람에게만 놓아주는 듯싶었다. 확실히 약보다는 주사가 효과가 빠른 것 같았다. 그렇게 주사를 맞을 수 있는 환자들이 너무 부러웠다. 불면증을 겪는 사람들은 알 것이다. 방은 깜깜하고 눈은 감았는데, 잠들기는커녕 머릿속에 온갖 잡생각만 둥둥 떠다니는 그 괴로움을. 수면제를 먹어도 잠이 오지 않아 계속 생각이 꼬리에 꼬리를 무는 그 혼란스러움을 말이다.

그 괴로움과 혼란스러움을 느낄 새도 없이 의식이 흐려지는 기분을 나는 정말 느껴보고 싶었다. '수면 주사야말로 잠드는 고통에서 단번에 벗어나 해방감을 선사하는 묘약이다!' 나는 간절히 수면 주사를 갈망했다.

그렇지만 언제나 인생은 내 맘대로 되지 않는다. 수면 주사를 놔달라고 간절히 부탁해도 간호사님은 단호하게 거절했다. 그리고 매번 수면제를 주었다. '왜? 왜 저 환자는 되고 나는 안 돼? 주사 한번 놓아주는 게 뭐가 그리 대단한 일이라고!' 그 이유가 너무 궁금했고, 괜히 억울했다. 그래서 투정도 부리고, 눈물이 그렁그렁 맺힌 상태에서 호소도 해봤다.

그러나 언제나 내 손에 쥐여지는 건 수면제 한 알뿐이었다. 오기가 생겨 수면제를 먹고도 절대 안 자리라 다짐하고 침대에서 버텼다. 아니, 버텼다기보다 진짜 약발이 안 받아서 잠이 오지 않았다. 한두 시간 뒤에 복도로 나가 간호사님을 호출했다.

"저 잠이 안 와요. 제발 주사 한 번만 놔주세요."

그러나 또다시 돌아오는 건 수면제 한 알. 수면제 용량을 늘려주는 것뿐, 언제나 내게는 수면 주사를 놓아주지 않았다. 하아⋯. 뒤늦게 이야기를 들었지만, 나는 다른 환자들과 비교해 약물 관성이 높은 상태였다고 한다. 그래서 주사 혹은 효과가 빠른 약들을 처방할 수 없었던 것이다. 한 번 접하게 되면 지나치게 의존하게 돼 약물 중독에 쉽게 노출될 수 있었다.

사실이었다. 입원하지 않고 병원과 집을 오가며 통원 치료를 받을 때조차 난 항상 그랬다. 의사가 정해준 약의 용량을 지키지 않고 매번 과다 복용하기 일쑤였다. 엄연히 적정 복용량이 정해져 있었는데 과다 복용을 하다 보면 언제나 약이 빨리 떨어졌다. 그래서 정해진 진료 날보다 훨씬 이르게 병원을 찾아가 약이 다 떨어졌다고 하다 보니, 의사 선생님은 항상 나를 혼내곤 했다. 왜 또 과다 복용했냐면서. 이런 진료 기록들이 입원할 때 모두 전달됐기에 전적을 숨길 수가 없었다.

어느 순간부터 주사에 대한 기대는 완전히 버렸다. 그러니 한결 마음이 편해졌다. 결국은 나 자신의 의지 문제였던 것이다. 다행인 건, 남들보다 수면제의 약발이 드는 데 시간이 좀 더 필요했던 것뿐 언제나 잠은 들었다는 점이다.

아무튼 그렇게 나는 적정량의 수면제를 먹고 자는 습관을 조금씩 익혀나갔다⋯라고 희망적으로 마무리하고 싶지만, 솔직히 말하면 입원 기간 내내 잠드는 순간은 언제나 두려웠다. 매번 '오늘은 몇 시간이나 뒤척일까?'라는 생각이 머릿속을 맴돌았다. 그리고 무엇보다 괴로웠던 건 '같은 병실에 있는 저 개자식은 대체 언제까지 코를 골까?' 하는 소음공해.

매일 밤 나는 상상했다. 그 환자의 코에 휴지를 잔뜩 쑤셔 넣고 싶다고. 아니면 제발 병실을 바꿔주든지⋯.

우울할 때 잡생각
불면증

왜 항상, 하필이면! 잠자리에만 누우면 생각이 많아지는 걸까? 잡생각이라면 오늘 내내 충분히 하지 않았나. 그런데 눕는 순간 잡생각은 증폭된다.

시작은 가볍게, 오늘 하루를 돌아보는 것부터. 별로 돌아보고 싶지도 않은데 생각이 자꾸 그렇게 흐른다. 그러면 하루 동안 무엇 하나 제대로 한 게 없다. 나 자신이 한심할 뿐이다. 이래서 하루를 돌아보기 싫다.

그리고 이어서 의지와는 다르게 내일을 생각하게 된다. 내일의 계획을 세우고 싶지도 않지만, 세워야 할 것 같다. 생각을 완성시켜야만 잠들 수 있을 것 같아서 최대한 빨리 계획을 세운다. 그러나 내일을 생각하면 막막함이 드는 게 사실이다. 계획을 세워봤자 그대로 움직이지 않을 것을 알기 때문이다. 분명 내일도 오늘 하루와 별반 다르지 않을 텐데…. 그런데도 계획을 세워야 한다. 부정적인 생각을 하면 생각이 끝도 없어지니까.

희망을 품어야 생각이 마무리되는 느낌이다. 긍정적인 생각을 해야 마음이 편해지고 잠을 자기에도 이롭다. 내일은 글도 쓰고 그림도 열심히 그리기로 마음먹는다. 그리고 '이제 자야지.' 하는 순간, 또다시 잠은 들지 않고 생각이 이어진다.

'어떤 글을 쓰지? 그림은 뭘 그릴까?' 갑자기 창조적인 아이디어가 무수히 쏟아진다. 아이디어는 그 순간 잡지 않으면 잊히기 쉽다. 참 웃긴다. 매번 낮에는 아무런 생각도 들지 않다가 잠자기 전에야 위대한 예술가라도 된 것마냥 창조적인 아이디어가 쏟아진다. 좋긴 하다만, 이제는 진짜 잠을 자야 한다.

가뜩이나 우울한데 몸까지 피곤하면 정말이지 아무것도 할 수가 없다. 그래서 잠이라도 푹 자야 한다. 근데 마음과 다르게 생각은 여전히 멈추지 않는다. 이제는 머릿속이 난장판이다. 하나를 생각하면 그것을 이루는 또 다른 생각들이 퍼져나간다. 나도 모르게 브레인스토밍을 하고 있다. 머리에 쥐가 날 지경이다. 온몸을 꿈틀거린다.

결국엔 최후의 방법, 처방받은 수면제를 먹는다. 먹고 나서 보통 20분 안에 약발이 든다. 수면제를 먹으면 왠지 모르게 마음이 편해진다. 잠을 자는 데 더는 노력을 하지 않아도 된다는 마음에. 그래서 자꾸 수면제에 의지하게 된다. 그러나 점차 수면제에 내성이 생긴 내 몸은 조금씩 약발이 들지 않는다. 잠은 그렇게 요원해진다.

어느덧 창밖으로 하늘이 밝아졌다. 밝아지니 더는 잠이 안 온다. "에라, 모르겠다. 오늘 하루도 망쳤네?"라고 한탄하는 순간 겨우 잠이 들었다. 매번 잠드는 게 이렇게 고생스럽다. 또한 고생하는 것을 누가 알아주지 않으니 그건 그것대로 외롭다. 매일 밤 나는 혼자 외로운 전쟁을 치른다.

잠 못 잔다고

누가 위로해주지 않으니

나 혼자 괴로워하는 수밖에….

정신과에 처음 방문한 날

~~~

　스물한 살 무렵에 처음 동네 정신과에서 치료를 받기 시작했다. 처음엔 누구나, 정신과란 이름 자체가 왠지 모르게 낯설고 두렵게 느껴질 것이다. 그래서 실제로 '정신과'란 명칭은 '정신건강의학과'라는 이름으로 바뀌었다고 한다. 이러나저러나 낯선 건 매한가지. 나도 치료를 결심하고는 두려운 마음에 인터넷에서 관련 정보를 정말 많이 찾아봤다. 특히 정신과에 다니는 이들의 다양한 후기를 보았는데, 글을 읽다 보면 나 혼자만 이런 고민을 하는 게 아니라는 것을 알 수 있었다. 그리고 세상엔 마음이 아픈 사람들이 정말 많다는 것도 알 수 있었다. 그제야 두려움이 조금은 사그라들었다.

치료를 결심하기까지 많은 생각을 했다. 아니, 그보다 내가 정신적으로 힘들다는 것을 스스로 인정하기까지 오래 걸렸다. 우울하고 힘든 나날을 보냈지만, 또 어느 날은 생각보다 기분이 괜찮을 때도 많았기 때문이다. '누구나 이 정도의 감정 기복은 가지고 살지 않겠어?'라는 생각이 들었다. 나아가 내 상태가 정상이냐 비정상이냐를 구분 짓는 것에 혼란스러움을 느꼈다. 설령 내가 비정상일지라도 '이 험난한 세상에 과연 정상적인 사람이 얼마나 될까? 비정상이 나뿐만은 아닐 거야.'라는 생각이 발목을 잡았다. 굳이 치료까지 받을 필요가 있을지, 괜히 돈 낭비하는 게 아닐지 의구심도 들었고.

하지만 매번 우울과 힘듦이 반복되는 것에 지쳐버렸다. 한번 우울해지면 한없는 나락에 빠지는 기분. 그럴 때마다 나는 아무것도 할 수 없었다. 일상생활이 힘들었다. 온종일 잠만 자고, 음식을 먹으면 게워내고, 밖에 나가기가 두렵고, 친구들 만나기가 힘들었다.

무엇보다 나를 가장 아프게 한 건, 아픈 걸 알면서도 하게 되는 자해였다. '난 못났으니까 벌을 받아야 해. 난 아파도 싸.' 이런 자학까지 곁들이면서 무기력하고 못난 내 존재에 대한 죄책감을 덜어내고자 자해를 했다. 그렇게 내 몸에 상처가 늘어났다. 늘어나는 상처를 보고 있으면 또다시 내가 이것밖에 안 되는 존재라는 것에 무기력해졌다. 악순환이었다. 괴로워서 술을 진탕 마셨는데, 다음 날 숙취로 또다시 괴로워지는 것과 비슷한 메커니즘이다. 나는 무언가 잘못되고 있다는 것을 인지하고 있었다. 그래서 이 악순환을 제발 끊고 싶다는 마음으로 치료를 결심했다.

병원에 전화하고 예약 날짜를 잡았다. 당일이 되어 떨리는 마음으로 집을 나섰다. 병원에 들어서서 안내를 받고 진료실에 들어갔다. 의사 선생님과 처음 마주하는 탓에 긴장해서 식은땀이 났다. 선생님은 편한 미소를 지으며 내게 무엇 때문에 오게 되었는지 물었다. 머릿속에 하고 싶었던 말들이 많았지만, 입이 쉽사리 떨어지지 않았다. 내가 힘든 부분, 내가 겪고 있는 아픔을 누군가에게 꺼내는 일은 꽤 용기가 필요하다는 것을 그때 처음 느꼈다. 이전까지 나는 나의 아픔을 누구에게도 제대로 말한 적이 없었다. 친구에게도 부모님에게도, 모두에게 감추며 지내왔기에 아픔을 숨기는 게 익숙했다.

숨겨두었던 감정을 입 밖으로 내뱉는 데에는 어느 정도 시간이 필요했다. 그만큼의 정적이 흘렀다. 의사 선생님은 차분하게 내 말을 기다려주었다.

버벅대면서 나의 힘든 점을 이야기했다. 의사 선생님은 내 이야기를 들으면서 컴퓨터에 무언가를 기록했다. 15분 정도 시간이 흘렀다. 하고 싶었던 말을 다 하고 나니, 의사 선생님은 잘 알겠다며 나가봐도 좋다고 말씀하셨다. 별다른 피드백을 주지 않았다. 조금 당황스러웠다. 진료라는 게 고작 이런 건가 싶었다. 조금 허무하다는 생각이 들었다.

진료실에서 나와 간호사님에게 검사지를 받았다. 몇백 문항이나 되는 질문에 답을 체크하라고 쓰여 있었다. 간호사님은 다음 진료 때까지 해와야 한다고 했다. 첫 진료였기에 의사 선생님이 내가 어디가 어떻게 힘든지를 파악하기 위함이란다. 다면적 인성검사와 문장 완성 검사지라는 것인데, 아마 정신과를 다녀온 사람들은 대부분 한 번씩 해봤을 것이다. 그렇게 처방전을 받고 병원을 나왔다.

집으로 가는 길에 복잡 미묘한 감정이 들었다. 정신과에서의 첫 진료, 첫 상담은 내가 생각했던 것보다 시시했다. 내가 힘들다는데 의사 선생님은 왜 힘든지 이유를 알려주지도 않았고, 앞으로 힘들지 않기 위한 그 어떤 방법도 알려주지 않았다. 문득 '내가 의사를 잘못 만났나?'라는 생각이 들었다. 집으로 가는 내내 머릿속에 의문이 들었다.

그러면서도 무언가, 마음 한편에 후련함이 있었다. 뭐라고 설명해야 할까. 운동을 하고 나면 몸이 가벼워지는 느낌이 드는 것처럼 마음이 조금은 가벼워졌달까? 의사 선생님의 명확한 답을 들지는 못했으나, 묵혀두었던 감정을 누군가에게 이야기하는 것만으로도 확실히 효과는 있었던 것 같다. 이야기하면서 입 밖으로 내뱉는 단어의 개수만큼 마음속에 꽁꽁 얼어붙은 나의 고통도 하나씩 녹아 없어지는 것 같았다. 감정이란 누군가에게 표현하고 표출하는 것이 중요하다는 것을 그때 깨달았다.

정신과에 대한 첫 소감은 이렇다. 낯설었지만, 두 번 세 번 드나들면서 정신과가 점점 익숙해지고 편해졌다. 이제 정신과는 나에게 마음의 안식처 같은 곳이다. 마치 가톨릭 신자가 고해성사를 하러 가는 것처럼 병원은 한 번씩 나의 괴로움을 고백하고 짐을 덜고 오는 곳이 되었다. 좋다. 언제든 마음이 아플 때 기댈 수 있는 곳이 있다는 것을 생각하면 왠지 마음이 든든해진다.

물론 가장 좋은 건, 더는 정신과에 갈 필요성을 못 느끼는 상태가 유지되는 것이겠지만.

처음으로 찾아간 심리상담센터

～～～

    심리상담을 전문적으로 받아보고 싶었다. 정신과에서 의사와 나누는 상담으로는 무언가 부족함을 느꼈다. 아무래도 병원에서 진행하는 상담은 약을 처방받기 위한 진료에 중점을 둔다. 그러다 보니 대화를 나누는 느낌이 들지 않았다. 그리고 진료 시스템상 상담을 긴 시간 나누지 못했다. 좀 더 내 고민에 대한 피드백을 듣고 싶어도, 내 고민을 구구절절 다 이야기하고 싶어도, 언제나 부족함을 느꼈다. 그래서 마음을 먹고 인터넷에 검색해 두 곳의 상담센터에 연락을 하고 예약을 잡았다.

    얼마 전 만났던 사람이 나에게 자기소개를 해달라 했을 때, 나는 나에 대해서 설명하지 못했다. 한동안 사람들을 만나면서 타인의 이야기에만 귀 기울였지 내 이야기는 할 일이 없었다. 정작 나에 대해선 잊고 살았던 것이다. 사람들을 만나도 공허함이 채워지지 않았다. 나는 좀 더 내 이야기를 할 상대가 필요했다. 그리고 내 정서적 고민에 대해 피드백을 해줄 수 있는 사람이 필요했다.

첫 번째로 간 곳은 미술심리상담센터였다. 나도 그림을 그리는 사람인지라 좀 더 흥미가 갔다. 종종 내가 그려놓은 그림을 보면서 왜 이런 그림을 그렸는지 나 자신의 심리를 고민해본 적이 있다. 그래서 제3자가, 그것도 전문가가 내 그림을 분석해준다는 점에 꽤 호기심이 들었다. 설레는 마음으로 센터를 방문했다. 문을 열고 들어가니 50~60대쯤 돼 보이는 여성 상담사분이 앉아계셨다.

미술심리상담은 어느 정도 예상했던 방식으로 진행됐다. 상담사가 어떤 주제를 던지고, 그것에 맞추어 내가 그림을 그리거나 무언가를 만들었다. 그렇게 나온 결과물을 가지고 상담사는 이런저런 관점에서 질문을 건네고 나는 답변했다. 결과물만을 보고 내 심리를 파악하는 게 아니라 창작하는 과정에서 느낀 감정을 이야기하면, 그 내용을 기반으로 심리를 해석하는 것이다. 그러나 그렇게 내려진 분석이 그다지 명확하진 않았다. 상담사가 이야기하는 것들은 누구에게나 적용 가능한 애매모호한 말들이었다. 예를 들면 이런 말들이었다.

　"이모르 씨는 사람들에게 존경받고 싶어 하는 것 같아요."
　"이모르 씨는 자신에게 비판적인 경향이 있네요."
　"이모르 씨는 외향적이면서 상냥하지만, 가끔은 내향적이고 다른 사람을 경계하며 속마음을 드러내지 않으려고 하는 것 같아요."

　그러고는 상담 내내 나를 칭찬하고 북돋우며 듣기 좋은 말들로 격려했다. 나는 칭찬받으려고 온 게 아닌데…. 그러나 상담이 진행되면 진행될수록 흥미가 떨어진 더 큰 이유는, 상담사분의 대화 스킬이 너무 부족하다는 느낌을 받아서였다. 상담사는 정해진 말들을 제외하면 내게 생각할 만한 질문을 하지 않았다. 나는 좀 더 나의 일상적인 고민을 나누고 싶었지만 발언할 기회를 얻지 못했다. 그림을 그리는 것에 집중하길 바라는 마음이었는지는 모르겠지만, 침묵이 길어질수록 그 자리가 너무나 어색하게 느껴졌다. 그 어색함이 싫어서 되려 내가 상담사분에게 이런저런 질문을 건넸다.

　"상담 일은 언제부터 하셨어요?"

"상담 일을 하시면서 가장 힘든 게 뭐예요?"

"힘드실 땐 어떻게 하세요?"

내가 건네는 질문에 상담사는 자기 이야기를 하느라 바빠 보였다. 상담을 받고 싶어서 왔는데 문득 내가 상담을 해주는 느낌이 들었다.

상담 막바지에는 미술심리상담 프로그램 중 하나인, 풍선으로 조형물을 만드는 작업을 했다. 쪽지에 이루고 싶은 꿈을 적어서 풍선 안에 넣어 조형물을 만드는 것이었다. 마치 아동 미술을 체험하는 듯 너무나 유치하게 느껴졌다. 그것도 그거고, 뜬금없이 꿈에 관한 이야기라니. 나는 꿈에 대해 별다른 관심도 없고 애초에 고민거리도 아니었는데….

그렇게 '꿈 풍선'이라는 조형물을 억지로 만들었다. 그러다 문득 마지막에 상담사가 무엇을 할지 예상되는 게 있었다. 제발 그것만은 하지 말았으면 하는 마음이었다. 속으로 간절히 빌고 빌었지만, 상담사의 멘트는 내 예상을 한 치도 벗어나지 않았다.

"그럼 이모르 씨가 만든 작품을 앞에 두고, 꿈이 이루어지길 한번 빌어볼까요?"

아… 나는 그 이야기를 듣자마자 자리를 박차고 나오고 싶었다. 왜 내가 다 민망해지는 것인가. 하지만 상냥한 나는 상담사의 지시를 순하게 따르고 마지막 인사를 나눴다. 프런트에 아까운 상담 비용을 지불하고 작업실로 향했다. 돌아가는 길에 만감이 교차했다. 생각할수록 너무나 유치하고 어이가 없어서 헛웃음이 나왔다.

미술심리상담은 나와 맞지 않는다는 것을 깨닫고, 두 번째로 가기로 한 상담소를 방문했다. 이곳은 '종합심리상담센터'라고 적혀 있었다. 상담사가 여럿 있었고, 제휴하고 있는 곳도 많았다. 1차로는 접수 면담이라고 센터 대표와 초기 인터뷰를 나눈다. 이 과정에서 정신과에서도 했던 다면적 인성검사, 문장 완성검사 등 다양한 설문지를 작성했다. 그렇게 나온 데이터를 기반으로 상담사를 정하고 상담 진행 방향 등을 조율했다. 확실히 첫 번째 갔던 미술심리상담센터보다는 전문적인 느낌이 들었다. 접수 면담은 꽤 오랜 시간 진행되었고, 그렇게 내려진 진단이 생각보다 구체적이고 정확했다.

그렇게 배정받은 새로운 상담사분과 2차로 본격적인 상담을 진행했다. 상담사는 30대쯤으로 추정되는 여성분이었다. 나랑 비슷한 또래일 것 같은 생각에 좀 더 공감대가 형성되지 않을까 기대가 되었다. 상담사분은 나에 대해서 설명해달라고 이야기했다. 이곳을 왜 방문했는지, 무슨 고민이 있는지 편안하게 질문을 건넸다. 나는 내 이야기를 장황하게 풀어나갔다.

"저는 누군가에게 화를 못 내는 게 문제예요."

"왜 화를 못 내는데요?"

"어렸을 적부터 화를 숨기는 게 너무 익숙해진 것 같아요."

"왜 화를 숨겼는데요?"

"그게 학창 시절부터, 누군가에게 화를 내면 그 사람이 나를 떠나가지 않을까 하는 생각을 했던 것 같아요."

"왜 그 사람이 떠나갈 거라는 생각을 한 것 같아요?"

"누군가가 저에게 화를 내면 나도 그게 싫으니까. 반대로 내가 그 사람에게 화를 내면 그 사람도 똑같이 싫어할 거라 생각한 거죠."

상담사는 줄곧 나에게 '왜?'라는 질문을 던졌다. 나의 고민을 깊숙이 파고드는 느낌이 들었다. 내가 원하는 방식의 상담이었다. 나는 질문들을 통해 내가 평소에 잘 깨닫지 못하는 부분을 이해하고 싶었다. 상담사는 끊임없이 생각거리를 주었다.

그러나 이내, 나는 상담사에게 거리감이 들기 시작했다. 상담사의 태도는 상담 내내 일관적으로 이성적이고 관조적이었다.

'나를 정녕 이해하고 있는 걸까?' 하는 의문이 들었다. 점차 상담사의 질문과 피드백이 기계적으로 느껴졌다. 그도 그럴 것이 상담사는 한 시간 동안 질문만 건넸지 자기 자신을 단 한 번도 드러내지 않았다. 가령 내가 화를 못 낸다고 이야기를 하면 "왜 그런 것 같아요?"라는 질문만을 던졌지 "저도 그래요."라거나 "저도 어렸을 때부터 이모르 씨와 비슷한 생각을 했었어요."와 같은 공감이 없었다. 자꾸 나 혼자만 너무 유별난 느낌이 들었고, 상담사와 나는 애초에 다른 존재처럼 느껴졌다.

심리상담에서는 라포 형성이 중요하다고 얼핏 들었다. 이는 상담자와 내담자가 동등한 위치에서 공감대를 형성하는 과정이다. 그래야지만 내담자가 좀 더 편하게 자기 이야기를 할 수 있다고 한다. 그러나 나는 상담사와 라포 형성이 전혀 이루어지지 않은 느낌이었다. 그래서 거리감이 들었고, 이마저 반복되니 내 이야기를 하는 것이 불편하게 느껴졌던 것이다.

뭐, 상담사 입장에서는 나에 대한 정보를 많이 알아야 하니 그랬을 거란 생각은 한다. 또 한 번의 상담으로 내가 너무 큰 걸 기대한 것일 수도 있다. 상담 사례를 찾아봐도 상담 치료는 장기간 받아야만 효과가 있다고 한다. 물론 알고는 있지만, 허무한 건 어쩔 수 없었다.

상담을 받기 전에는 막연하게 상담사가 내게 질문을 많이 했으면 좋겠다고 생각했다. 그래야 내 이야기를 많이 할 수 있을 테니까. 그러나 첫 번째 미술심리상담 때는 상담사가 내게 질문을 너무 안 했다. 두 번째 상담사는 내게 질문만 했다. 덕분에 내 이야기를 많이 할 수 있었으나 정작 내가 원하는 것은 질문이 아니라 공감이었다. 그렇다면 평소 나를 공감해주던 주변 친구들에게 내 이야기를 하면 되지 않았을까? 군이 뭐 하러 돈을 주고 상담사를 찾아간 것일까?

문득 공감은 돈을 주고 살 수 있는 게 아닌 것 같다는 생각이 들었다.

생각

이렇게 살아도 되는 건가 싶을 정도로 그냥저냥 살고 있다. 어쩌면 '산다'는 말조차 거창하게 느껴져 그저 '숨은 쉬고 있다'는 표현을 쓰고 싶다. 정말이지, 어느 순간부터, 어느 시점부터 나는 아무런 생각이 없어졌다. 이 글을 쓰는 순간에도 나는 아무 생각이 없어서 무슨 글을 써야 할지 막막하다. 어쩌다 이 지경까지 왔을까?

과거에 난 분명 생각이 많은 아이였다. 생각이 많은 만큼 인생에 대한 나름 거창한 계획도 있었다. 계획 하에 살면 찬란한 미래가 펼쳐질 거란 희망을 품고 살았다. 산다는 것은 그럴듯한 아이디어가 있고 계획을 갖고 사명감 따위가 있어야 한다고 생각했다.

하지만 어느 시점부터는 그 모든 것들이 사라져 버렸다. 아무 생각이 없어졌다. 뇌가 굳어진 느낌이었다. 숨은 쉬고 있지만 살고 있다는 느낌이 별로 들지 않았다.

돌이켜보면, 생각을 많이 하던 시절에 스트레스 역시 많이 받았다. 흔히들 잡생각이 많아지면 괴롭다고 하지 않나? 그때 날 담당하던 정신과 의사 선생님은 매번 이런 말을 했다.

"생각을 비우세요."

그 외에도 괴로운 마음에 찾아본 몇몇 책을 통해 '명상'이란 것도 알게 됐다. 명상 또한 생각을 비우기 위한 훈련이다. 이런저런 것에 영향을 받은 나는 생각을 비우는 방식을 조금씩 터득해나갔다. 하지만 그 과정이 쉽지는 않았다. 생각을 비워야 하는데 그게 또 생각대로 되지 않으니 괴로웠다.

그렇게 시간이 지나고 나이를 먹었는데, 어느 순간 생각을 하지 않고 살아가는 나 자신을 발견하게 됐다. 어쨌든 생각이 비워진 거니 좋은 게 아닌가 싶겠지만, 마냥 좋진 않았다. 왜냐하면 그 근간에는, 내 마음속에 짙게 깔린 허무가 있기 때문이다. 어차피 무엇을 생각해도 결국 생각대로 되지 않을 거라는 무력감.

실제로 그랬다. 과거에 내가 하고자 했던 계획과 생각들은 전부 이루어지지 않았다. 돈을 많이 벌고 싶다는 생각, 유명해지고 싶다는 생각, 내가 좋아하는 것을 다른 사람들도 좋아해줄 거라는 생각. 모든 것은 생각대로 되지 않았고 완벽하게 실패했다. 이 과정에서 생각하는 나 자신에게 좌절했고, 이내 무력감에 빠졌다. 자존감 역시 한없이 낮아졌고, 그렇게 현재의 내 모습에 다다르게 되었다.

다시 앞으로 돌아가서, 분명 의사 선생님은 내게 생각을 비우라고 했다. 그리고 나는 그것을 몸소 실천하는 중이다. 그런데 생각을 많이 하던 시기에는 그게 괴로웠는데, 이제는 생각하지 않고 살아가려니 사는 것 자체가 무기력해진다. 이 또한 괴로운 건 마찬가지다. 대체 생각하고 사는 게 맞는 건지, 생각 없이 사는 게 맞는 건지, 어느 장단에 맞추며 살아야 하는 것일까?

이러나저러나 괴롭거나,

무기력해서 슬프거나….

정신과 의사 선생님과의 대화

~~~

나: 약을 먹어서 그런지, 요즘 기분이 신나지 않네요.

선생님: 감정 기복을 줄이는 방식은 우울한 것을 괜찮게 해주기 전에, 마냥 신나는 기분을 중간선으로 떨어뜨리는 것부터 시작해요. 자연스러운 현상이에요.

나: 그런데 신나지 않으니 삶이 너무 재미가 없어요.

선생님: 원래 삶은 그렇게 재미있는 게 아니에요. 그걸 받아들여야 해요.

나: 삶이 재미가 없으면, 무엇 때문에 사나요?

선생님: 의미를 찾는 건가요?

나: 네.

선생님: 삶의 의미를 생각하지 마세요.

나: 생각은 멈추고 싶다고 멈출 수 있는 게 아니잖아요? 저도 생각 따윈 하고 싶지 않아요.

선생님: 불가능하다고 생각하지 마세요. 무엇이든 가능하다는 생각을 하시면 되지 않을까요?

나: 생각은 하되, 생각을 바꾸라는 건가요?

선생님: 네, 그건 얼마든지 가능해요.

나: 어떻게 그럴 수 있죠?

선생님: 사람은 감정에 따라 긍정적인 생각을 할 수도, 부정적인 생각을 할 수도 있어요. 사람이 불안할수록 부정적인 생각에 매몰되기 쉽다는 거죠.

나: 방법을 알려주세요.

선생님: 불안하지 않으면 되죠.

나: 어떻게요?

선생님: 약 꼬박꼬박 안 드셨죠?

나: 네.

선생님: 약부터 꼬박꼬박 드시면 돼요.

나: 그게 얼마나 힘든데요.

선생님: 당연히 힘들죠. 그런데 무언가를 얻으려면 당연히 힘이 들 수밖에 없어요. 그것을 극복해나가야 해요.

나: 도무지 힘이 안 나요.

선생님: 힘이 없으시다면서 여긴 어떻게 찾아오신 거죠?

나: 그, 그러니깐….

선생님: 여기에 찾아오는 것보다 약 먹는 게 더 쉽겠죠?

나: 그렇겠죠?

선생님: 당신은 할 수 있어요.

우울증이 있어 보이지 않아요

SNS를 통해서 우울증을 고백한 뒤에 몇몇 사람들과 인연이 닿아 오프라인에서 만난 적이 있다. 나를 실제로 본 사람들은 내 첫인상에 대해 이런 말들을 많이 한다.

"우울증이 있어 보이지 않아요. 생각보다 활기차시네요."

친구들에게 우울증이 있다고 고백했을 때도 그랬다.

"네가 우울증으로 힘들어하는 줄 몰랐는데…. 너 평소에 사람들도 잘 만나고 다니잖아."

실제로 나를 본 사람들은 내가 우울증이 있어 보이지 않는다고 얘기한다. 아무래도 사람들은 우울증 환자에 대한 편견이 있는 것 같다. 우울증 환자라 하면 뭔가 어두침침하고 피폐한 외모에 성격은 소극적이고, 말도 잘 못 할 거라는 생각? 나조차도 과거에는 그런 선입견이 있었다. 이건 내가 우울증을 인정하기 어렵게 만든 이유이기도 했다. 난 생각보다 꾸미기도 좋아하고, 잘 웃고 다니고, 사람 대하는 것도 적극적이고 활기찼으니까. 이런 내가 우울증이 있다는 것을 받아들일 수 없었다.

고등학교 3학년 때 알게 된 동성 친구가 있다. 훗날 이 친구는 나에게 자신이 게이라고 커밍아웃을 했다. 그 친구의 용기가 대단하다고 생각했다. 애초에 나는 게이에 대한 거부감이 전혀 없었다. 그러나 한 가지 의아한 점은 있었다. 이 친구는 내가 생각하는 게이의 이미지가 전혀 없었기 때문이다. 게이 하면 왠지 꾸미기를 좋아하고 말투도 약간 가냘픈 느낌을 상상했지만, 이 친구는 전혀 그것에 부합하지 않았다. 친구는 말했다.

"모든 게이가 다 꾸미기를 좋아하고 말투가 가냘픈 건 아니야."

편견은 편견일 뿐이다. 또한 겉모습은 겉모습일 뿐이다. 타인을 대할 때 그 사람을 다 안다고 생각하는 것은 오만이다. 사람들은 누구나 타인을 대할 때 가면을 쓴다. 가족을 대할 땐 가족으로서의 가면, 친구를 대할 땐 친구로서의 가면, 연인을 대할 땐 연인으로서의 가면을 쓴다. 상황과 내가 쓴 가면에 따라 말과 행동거지는 달라진다. 특히 남과 함께 있을 때와 나 혼자 있을 때는 확연히 차이를 보인다. 무엇이 진짜 내 본질에 가까운지를 따지는 게 아니다. 다만 한 개인이 간직하고 있는 감정은 너무나 복합적이고 풍성하다는 말이다. 수면으로 드러내는 감정은 일부에 가깝다.

난 여전히 사람들을 대할 때 활기차다. 우울증 환자일 것 같지 않다는 오해를 산다. 그래서 당신은 쉽게 알아차리지 못할 것이다. 내 안에는 썩어 문드러질 정도로 심약한 모습이 있다는 것을.

당신도 그렇지 않은가?

종이를 구기고 구겨서 그린

썩어 문드러진

내 모습이랄까?

광대의 탈을 벗어던지다

~~~

20대에는 누구나 활력이 넘친다. 활력이 넘치는 만큼 사람도 많이 만난다. 나도 온갖 커뮤니티 활동을 하면서 사람들과 친목을 다졌다. 덕분에 많은 친구를 사귀었다. 나름대로 인기도 있었다. 나 혼자만의 생각일지는 모르지만. 어쨌든 친구들은 끊임없이 나를 술자리에 불러주었다. 친구들이 불러주지 않으면 내가 친구들을 불러모아 파티를 열었다. 주말마다 파티를 했던 것 같다. 그만큼 혈기가 왕성했던 시기였다.

그러나 친구들은 몰랐다. 내가 우울증을 겪고 있다는 걸. 친구들을 많이 만나던 시기에는 그들에게 에너지를 쏟고 집에 돌아오면 심각한 무기력에 빠졌다. 〈연극이 끝난 후〉라는 노래에는 이런 가사가 있다. '연극이 끝나고 난 뒤 혼자서 객석에 남아 조명이 꺼진 무대를 본 적이 있나요. 음악 소리도 분주히 돌아가던 세트도 이젠 다 멈춘 채 무대 위에 정적만이 남아 있죠. 어둠만이 흐르고 있죠.'

비슷하다. 예를 들면 친구들을 집에 초대하여 신나게 논다. 다 놀고 친구들이 떠나면 집에 홀로 남았을 때 극심한 외로움에 빠진다. 다들 그런 적이 있지 않은가? 나는 외로운 감정에 취약했다. 그래서 끊임없이 사람 만나는 것에 집착했다. 하지만 이건 우울증을 근본적으로 고치는 게 아니라 잠시 회피하는 수단에 불과했다.

사람을 많이 만나면 그만큼 사람 간에 갈등도 많이 생기는 법이다. 내가 사람 대하는 것에 서투르기도 했다. 악의 없이 한 행동에 오해도 많이 받았다. 인간관계는 끊임없이 서로가 상처를 주기도 하고 상처를 받기도 한다. 그럴 때마다 자책했다. 상대의 잘못으로 화를 낼 만한 상황에도 나는 그러지 못했다. 대신 그 화를 나 자신에게 풀었다. 다 내가 못나서 그렇고, 내가 잘못해서라고 생각했다. 그래서 자해를 했다. 사람들에게 보이지 않을 법한 부위에 진짜 상처를 냈다.

나는 광대의 탈을 썼다. 일종의 가면 우울증이다. 표면적으로는 우울 증상이 드러나지 않지만 지나친 명랑함, 알코올 의존,

행동 과잉 등을 가지고 있었다. 아마 친구들은 눈치채기 어려웠을 것이다. 많은 사람이 나와 비슷한 질병을 앓고 있다. 겉으로는 활발한데 남모르게 우울증을 앓는 사람들이 많다. 누구나 상대에게 잘 보이길 원할 테니까.

어쨌든 시간이 지나자 나는 점점 활력을 잃어갔다. 인간관계에서 잦은 상실감을 겪고 사람 만나는 것이 무의미해지기 시작했다. 그렇게 사람들을 잘 만나지 않을 시기에 나는 나 자신과 마주하기 시작했다. 지난날 사람들에게 숨기기 급급했던 힘든 감정을 해소하고 싶었다. 좀 더 솔직해지고 싶었다.

오롯이 나를 위해 하나의 프로젝트를 시작했다. 광대의 탈 벗어던지기. 나의 질병들을 낱낱이 공개하기로 마음먹은 것이다. 만나는 친구들과 내 개인 SNS 계정에 모든 이미지를 공유했다. 먹고 있는 우울증약과 자해 흉터들, 그리고 온갖 우울한 그림과 이야기를 늘어놓았다. 반응은 어땠냐고?

"쟤 갑자기 왜 저래?"

"중2병이 도졌나?"

"또라이인가?"

몇몇 친구들은 나를 멀리하기도 했다. SNS 계정 팔로우 수는 엄청난 속도로 줄어들었다. 나를 잘 모르는 사람들은 불편했을 것이고, 나를 좀 아는 친구들은 낯설었을 것이다. 오기가 생겼다. 은밀하게 숨겨왔던 감정들을 더욱 적극적으로 드러냈다.

그러다 보니 신기한 현상이 일어났다. 팔로우가 100명 줄어들면 새로운 팔로우 10명이 다시 추가됐다. 지난날 나의 아픔을 진심으로 공감하고 위로해주는 이들이 한두 명씩 생겨난 것이다. 평소 알고 지내던 지인은 이런 메시지를 보냈다.

"나도 우울증을 겪고 있어. 자해도 해. 하지만 그걸 누군가에게 말하지 못했어. 너의 용기가 대단하다고 생각해. 덕분에 나와 같은 사람이 있다는 것을 알고 위안을 얻었어. 고맙다."

광대의 탈을 쓴 모습을 좋아했던 친구들은 멀리 떠나갔다. 그러는 과정에서 상처도 받았고 사람에 대한 기대 또한 사라졌다. 인간에 대한 회의감이 들었다. 하지만 후회하지 않는다. 광대의 탈을 벗으니, 있는 그대로의 나를 사랑해주는 소수의 친구가 생겨났다. 이제는 감정을 숨길 필요 없이 마음껏 드러낼 수 있게 됐다. 사람들 앞에서 즐거운 척, 명랑한 척할 필요도 없어졌다. 우울함은 더는 말 못 할 게 아니었다. 드디어 나는 진정한 자유를 얻었다.

광대의 탈을 벗어던지고
진정한 웃음을 지을 수 있는
그날이 오기까지.

칭얼거릴 수 있는 자유

~~~

우울한 글이나 그림을 그리다 보면 주변에서 걱정하는 말들을 많이 한다. 마치 내가 내일 당장 죽을까 봐 신경이 쓰이나 보다. 물론 누군가 걱정해준다는 건 고마운 일이다. 그러나 한편으론 누군가의 걱정이 부담스럽기도 하다. 걱정하게 한 만큼 힘을 내야만 할 것 같다. 강인해져야 할 것 같다. 슬프거나 힘든 일에 대해서 내색하지 않고 꾹 참고 견뎌야만 할 것 같다. 그러나 걱정은 자양강장제가 아니다. 받는다고 해서 바로 힘이 나는 게 아니다.

오히려 우울한 글과 그림을 그리면서 표현의 자유를 얻었다. 마음껏 칭얼거릴 수 있는 자유 말이다. 보통 칭얼거린다는 표현은 어린아이한테 많이 쓴다. 어렸을 때는 마음껏 칭얼거릴 수 있다. 하지만 나이를 먹을수록 칭얼거리고 싶어도 참아야 한다. 그러면서 얻는 것도 있겠지만 잃는 부분이 생긴다. 칭얼거릴 수 없어서 힘든 부분이나 부정적인 감정을 꾹꾹 눌러 담을 수밖에 없다.

그러나 부정적인 감정은 쌓이고 쌓이다 보면 어느 순간 잘못된 형태로 폭발할 수 있다. 인간이 압력솥이라면 불로 가열하는 것은 스트레스고, 그렇게 생긴 부정적인 감정은 솥 안에 맴도는 증기다. 압력솥에서 증기를 빼주지 않고 계속 가열하면 뚜껑이 폭발한다. 누군가 다칠 수 있다. 그래서 부정적인 감정은 주기적으로 뚜껑 밖으로 빼내야 한다. 표출되어야 한다.

우리가 칭얼거리는 건 부정적 감정의 표출이다. 그러나 참아야 한다고 배우니, 이제는 쉽게 칭얼거릴 수도 없는 노릇이다. 그래서 이렇게나마 글로 칭얼거리고 그림으로 칭얼거린다. 누군가에게 대놓고 칭얼거릴 수가 없어서 칭얼거림을 창작에 녹인다. 내가 나에게 칭얼거리는 것이다. 그런데 주변에서 창작물을 보고 너무 걱정하면 눈치가 보일 수밖에 없다. 글 쓰고 그림 그리는 것마저 누군가에게 걱정 끼치지 않게 검열해야 할 것 같다. 나 자신에게 칭얼거릴 수 있는 자유를 방해받는 기분이다. 그래서 주변 사람들에게 이 말을 전하고 싶다.

"우리 서로 자유롭게 칭얼거릴 수 있게, 좀 적당히 걱정합시다! 그렇다고 '누군가를 걱정할 권리도 없나?'라는 생각은 하지 맙시다. 걱정은 하되 내가 괜찮다고 하면 딱 거기까지만 걱정하면 됩니다. 그 이후부터는 오지랖입니다.

물론 고맙습니다. 하지만 누구나 살면서 힘든 날이 많을 겁니다. 그럴 때마다 매번 힘들다, 힘들다 칭얼거린다면 당신도 부담스럽지 않겠어요? 저의 힘듦은 제가 알아서 글 쓰고 그림 그리며 풀겠습니다. 압력솥이 폭발하여 뚜껑이 날아가 당신을 다치게 하고 싶지 않습니다."

우울한 예술가

우울한 글과 그림을 그린다고 해서

내가 마냥 우울한 것만은 아니다.

실연의 아픔을 노래하는 발라드 가수라고 해서

매일같이 실연하지 않는 것처럼.

제게 우울을 주셔서 감사합니다

~~~

많이 우울해져봐야 한다. 우울함에 더욱더 익숙해져야 한다.

우울증으로 정신과를 다니기 시작했다. 사람들은 정신과를 무서워해서 안 가는데, 나는 정신과가 내 집처럼 편하다. 우울함 덕분에 약을 먹기 시작했다. 사람들은 우울하면 의지로만 이겨내려 발버둥치는데, 나는 약으로 좀 더 쉽게 우울함을 벗어나는 법을 터득했다. 우울함이 더는 두렵지 않다.

우울함에 취약한 사람일수록 우울함이 찾아오면 당황한다. 좌절을 겪는다. 심하면 자살을 하기도 한다. 그러나 나는 절대 자살하지 않는다. 이미 많이 우울해봤기에 이 우울함을 마주할 수 있다. 우울함을 친구로 대하는 법도 안다.

우울함은 나에게 다양한 감수성을 주었다. 우울함 덕분에 다양한 그림을 그릴 수 있게 되었고, 우울함 덕분에 우울한 사람들이 나에게 공감과 위로를 받게 됐다. 우울함 덕분에 많은 친구를 사귈 수 있었다. 이제는 내 주변에 온통 우울한 사람들이다. 내가 우울하더라도 이제 그들에게 위로를 받으면 된다.

우울함 덕분에 많은 것을 잃었지만, 또 많은 것을 얻었다. 우울함이 없었다면 이렇게 글을 쓰지도 못했을 것이다. 우울함에 고마움을 느낀다. 우울함에 감사함을 느낀다.

우울할 때 잡생각
우울이란?

우울은 '부정(不正)'적이고 나쁜 것이 아니라

삶의 '과정'이다.

우울은 '부정(否定)'하고 피할 것이 아니라

'인정'하는 것이다.

우울함은 누구에게나 평등하다

~~~

"너 그 소식 들었어? S에 이어서 G도 자살했대."

"진짜? 왜 그랬대?"

"악플에 시달렸다고 하는데, 우울증도 심각하게 앓았나 봐."

우울증으로 인한 연예인들의 잇따른 자살 소식에 문득 팝아트가 떠올랐다. 팝아트를 대표하는 미국의 화가 앤디 워홀. 보통 우리가 생각하는 예술 작품이란 작가가 영혼을 쏟아 창조한 단 하나뿐인 그림이라고 생각한다. 그러나 앤디 워홀은 그 고정관념을 깨부수었다. 코카콜라나 캠벨스프와 같은, 우리 주변에 흔히 볼 수 있는 제품들을 그렸다. 또는 마릴린 먼로와 같은 당대

스타들의 얼굴을 종이 위에 옮겼다. 작법도 실크스크린이란 기법을 통해 작품을 대량 생산하여 가치를 부여했다. 앤디 워홀은 자신이 개척한 팝아트란 개념을 이렇게 설명했다.

"팝아트는 코카콜라 같은 것이다. 돈을 더 낸다고 더 좋은 콜라를 마실 수 있는 것은 아니다. 돈을 더 내면 수가 많아지지 내용이 좋아지지는 않는다. 누구나 같은 것을 마신다. 대통령이 마시는 콜라나 엘리자베스 테일러가 마시는 콜라나 길거리 건달이 마시는 콜라나 모두 같은 것이다. 근엄하지 않고 평등하고 쉽다."

부와 명예를 지닌 사람들을 보면 항상 부러웠다. 그들과 나는 다른 세계에 살고 있다고 생각할수록 나 자신이 한없이 초라해졌다. 삶에 대한 노력이 다 부질없다는 생각이 강하게 들었다. 그러나 때에 한 번씩 유명 인사들이 우울증으로 자살했다는 소식을 들으면 기분이 묘해진다.

따지고 보면 우울함은 팝아트 같은 것이다. 누구나 우울함을 느낀다. 돈이 많다고 우울함에서 쉽게 벗어날 수 있는 것은 아니다. 대통령이 느끼는 우울함이나, 연예인이 느끼는 우울함이나, 길거리의 건달이 느끼는 우울함은 모두 같다.

내가 지금 느끼는 우울함이 유별나고 남들과 다르다 생각하면 너무나 외롭다. 우울한데 외롭기까지 하니 더욱 고통스럽다. 그러나 모두가 우울함으로 같은 고통을 느끼며 산다고 생각하면, 그나마 위안을 받는다. 누구나 죽고 싶을 만큼 우울한데 근근이 버티며 살아가는 게 아닐까? 내 주변 모든 사람이 나만큼 우울하다고 해서 우울함이 풀리지는 않지만, 외로움은 그나마 가신다. 그래서 좀 더 버틸 만하다.

　그렇다고 우울함으로 자살까지 한 연예인을 보면서 상대적 안도감을 느끼는 것은 아니다. 그들의 아픔을 쉽게 재단해서도 안 된다. 내가 그들보다 잘나서 죽지 않고 살고 있는 것도 아니니까. 나도 언제든지, 자칫하면 그들과 같은 선택을 할 수도 있다는 것을 받아들일 뿐이다. 오히려 그들의 아픔에 공감하기에 더욱 겸손해질 수밖에 없다. 내가 그들보다 우울함에서 쉽게 벗어날 수 있다고 오만해져서도 안 된다. 우울함에서 누구에게나 극단적 선택을 하게끔 만들 수 있다는 점을 깨달아야 한다.

　너도, 나도 그리 대단한 사람이 아니다. 우울함이란 감정 속에서 우리는 모두 평등하다.

우울할 때 잡생각
우울증에 대한 편견

우울증 환자에 대한 조롱과 배척이 끊이지 않는다. 우울한 이야기만 꺼내도 "중2병이냐?" 또는 "청승맞게!"라는 소리 듣기 십상이다. 우울증을 단순히 성격의 문제나 의지의 문제로 착각한다.

엄밀히 따지면 우울증은 뇌졸중이나 뇌종양과 마찬가지로 뇌에서 발생하는 정신 질환이다. 문제는 사람들이 정신 질환에 크게 관심을 두지 않는다는 것. 또 잘못된 오해와 편견이 우리 사회에 만연해 있다는 것. 정신병원에 대한 인식 또한 그다지 좋지 않다. 괜히 무섭고, 누군가가 간다고 하면 '왜 저런 곳에 갈까?' 하는 생각을 하게 된다.

만약 우울증이 의심되는 사람이라면 반드시 병원에 가야 한다. 병원에 입원하거나 가볍게 통원 치료를 받으면 좋아질 수 있는데도, 누군가의 도움 없이 자기 의지로 어떻게든 해보려다가 상태를 더욱 악화시키기 일쑤다.

암에 걸렸거나 뼈가 부러졌다고 치자. "너 그거 그냥 병원 가지 말고 의지로 한번 견뎌 봐. 의지로 한번 나아 봐. 힘내 봐."라고 얘기하는 미친 사람은 없다. 그런 경우엔 병원에 가거나 입원을 하는 게 당연하지 않나. 그러나 정신질환에 대해서는 그 누구도 제대로 된 조언을 해주지 않는다. 일상생활이 힘들 정도로 정신과 마음이 아픈데 병원도 가지 말고 의지만으로 극복하라고 한다면, 그건 그릇된 편견에서 오는 무지한 행동일 뿐이다.

가이 윈치라는 사람이 TED 강연에서 이런 말을 했다.

"한 아이가 싱크대 옆에 있는 발판에 올라가서 양치질을 하고 있었습니다. 그러다 아이는 발판에서 미끄러져 넘어졌고 발판에 다리를 긁혔죠. 일 분 정도 울던 아이는 다시 일어섰습니다. 그러고는 발판 위에 올라가서, 긁힌 곳에

붙일 반창고가 있는 통을 향해 손을 뻗었습니다. 자기 신발 끈도 제대로 못 묶는 이 아이는 상처가 전염되지 않도록 덮어야 한다는 것을 알고 있었습니다. 그리고 하루에 두 번 양치하며 이를 잘 관리해야 한다는 것도 말이죠.

이 아이처럼 우리는 신체적인 건강을 어떻게 유지해야 하는지 알고 있습니다. 그리고 치아 관리법도 아주 잘 알고 있습니다. 다섯 살 때부터 알고 있던 것들이죠. 그러나 심리적 건강을 유지하는 것에 대해서 우리가 아는 것은 무엇인가요? 글쎄요, 아무것도 알지 못합니다. 우리는 아이들에게 정서적인 건강법에 대해 무엇을 가르치나요? 전혀 가르치지 않습니다.”

우리는 지금껏 정신건강에 대해 제대로 된 교육을 받은 적이 없다. 그렇기에 차차 알아가야 한다. 정신적으로 힘들 때 대처하는 방법, 주변에 정신적으로 힘들어하는 사람이 있을 때 제대로 위로하는 방법을. 그래야만 우리 사회에서 정신 질환으로 고통을 앓고 자살하는 사람이 조금이라도 줄어들 것이다. 이제는 우리 모두 우울증 및 정신 질환에 대한 편견을 버리고, 있는 그대로 마주해야 할 때다.

안아줄게.

에필로그

이것은 제 조급함에 대한 반성문입니다

여느 때와 다를 것 없이, 아침에 일어나 집을 나섰습니다. 작업실로 향했고요. 작업실에 도착해서는 그림도 그리고 글도 썼습니다. 그러나 생각보다 집중이 잘 안 됐습니다. 원하는 작업물이 잘 나오지 않았습니다. 그렇게 시간을 설렁설렁 보냈습니다. 어느새 늦은 밤이 되었습니다. 작업실을 나와 다시 집으로 향했습니다.

집으로 가는 길에 언제나 그랬듯 왠지 모를 슬픔이 찾아옵니다. 왜 항상 밤이 되면 사람은 감상적으로 변하는 걸까요? 수많은 잡생각이 들었습니다. 하루를 돌아봤습니다. 나 자신에게 썩 만족스럽지 못한 하루였습니다. 별로 잘못한 일도 없는데, 매번 나 자신은 부족하고 못났다고 생각합니다. 괜스레 우울해집니다. 딱히 이유도 없는 우울감이죠.

다시 집으로 돌아왔습니다. 집에 있던 몽실이가 저를 반깁니다. 집에서 10년을 키운 강아지입니다. 몽실이가 꼬리를 살랑대며 저에게 몸을 비빕니다. 오늘따라 몽실이의 인사가 감동적으로 다가옵니다. 나는 항상 나 자신을 못났다고 생각하는데, 참 보잘것없다고 생각하는데, 몽실이는 그것과 상관없이 나를 좋아합니다. 사실 이런 존재가 우리 주변에 잘 없잖아요. 내가 못나면 못날수록 꾸짖는 사람들 또는 무시하는 사람들이 대부분입니다. 그러나 내가 못난 것과 상관없이 존재 자체를 사랑해주는 사람은 흔치 않습니다. 몽실이처럼 말이죠.

밤늦은 시간에 친구에게 전화가 옵니다. 술 마시자고 불러내거나 무슨 목적이 있어서 전화를 한 거겠지요. 일단 전화를 받습니다. 친구의 첫마디는 "잘 살아 있냐?"였습니다. 저는 잘살고 있는 것 같지 않아서 "그냥 살아 있다."라고 말했습니다. 친구는 제게 답했습니다.

"그래도 살아 있어서 다행이네."

그 말을 들은 저는 문득 궁금해졌습니다. '대체 뭐가 다행인 걸까? 내가 혹여 죽기라도 했을까 봐 걱정을 한 걸까?' 친구의 저의가 무엇인지는 모르겠지만, 살아 있어서 다행이라는 말 한마디가 괜스레 위로가 됩니다. 내 죽음을 걱정해주는 사람이 몇이나 있겠습니까.

친구에게 "왜 전화했냐"고 물었습니다. 안부차 전화했다고 합니다. 그냥 제 생각이 났다고 하네요. 제가 오해했네요. 자기 필요할 때만 전화하는 친구인 줄 알았는데 그게 아니었습니다. 별다른 목적 없이 안부를 물어주는 친구의 마음이 고마웠습니다.

전화를 끊고 씻고 누웠습니다. 어머니가 방문을 두드립니다. 그러고 보니 근래 어머니와 제대로 마주한 적이 없었습니다. 어머니는 아침에 저보다 일찍 나가시고, 제가 밤늦게 들어오면 주무시고 계시니까요. 그리고 사실, 어머니의 잔소리를 듣는 게 싫어서 의도적으로 피해 다닌 것도 있습니다. 어머니에게 전화가 와도 잘 받지 않았습니다. 아마 제가 의도적으로 피해 다니는 걸 어머니도 알고 계실 겁니다. 어쨌든 어머니는 방문을 열고서 "고기반찬 해놨으니깐 내일 먹고 나가."라고 말씀하시고는 방문을 다시 닫습니다. 별 얘기도 아닌데, 왠지 미안하고 고맙습니다. 나이를 이렇게 먹고도 무기력하고 못난 자식새끼 묵묵히 챙겨주는 건 아마도 어머니밖에 없는 것 같습니다.

저는 참 자기연민이 심합니다. 주변인들에게 민폐만 끼치는 존재라고 생각합니다. '이런 못난 사람을 누가 과연 좋아해줄까?'라는 마음에 타인과 항상 거리를 두려고 합니다. 그러나 돌아보면, 그게 아니었습니다. 곁에서 묵묵히 저를 지켜봐주고 저에게 관심 가져주는 소수의 사람들이 있었습니다. 등잔 밑이 어둡다고 하잖아요. 저는 그들의 선의에 그다지 관심을 두지 않았습니다. 오롯이 나만을 생각하느라 주변을 돌아보지 못했습니다. 내 앞의 미래에 대한 희망과 내 뒤의 과거에 대한 반성만 생각하느라 정작 옆을 쳐다보지 못한 것입니다.

　제가 우울함을 느끼는 가장 큰 이유는 조급함에서 오는 것 같습니다. 단조로운 일상이 반복되는 것이 싫어서 그것을 자꾸 벗어나야겠다는 조급함 말이죠. 열심히 변화를 모색해도 일상은 매번 단조로우니 자꾸만 우울해지는 것 같습니다.

　그런데 단조로운 일상을 벗어나야겠다는 생각 자체에 의문이 들기도 합니다. 내게 주어진 일상을 굳이 변화시켜야 할 이유가 있나 싶습니다. 주변 사람들에게 물어봐도 다들 삶이 무료하다고 합니다. 애초에 누구에게나 일상은 단조로운 게 아닌가 싶어요. 그렇다면 굳이 단조로운 일상을 벗어나려 하지 말고, 내게 주어진 일상의 단조로움을 인정하고 받아들이는 건 어떨까요.

　전 게으르고, 우울하고, 감정 기복도 심한 것이 문제라고 생각했습니다. 10여 년이 넘게 이 문제를 극복하려 해도 잘되지 않았어요. 그러다 보니 현재의 제가 더 한심하게만 느껴졌습니다. 그런데 이제 관점을 바꿔보려고 합니다. 게으르고, 우울하고, 감정 기복 심한 것이 극복할 무엇이 아니라 애초에 내가 가진 성질이었다면? 애초에 타고난 성격이고, 내 개성이었다면 굳이 이것을 극복할 필요가 있을까요? 생각해보면 전 게으르고 우울하고 감정 기복이 심했지만 하고 싶은 일도 하고, 해야 할 일도 하고, 이것저것 할 만큼 하면서 살아왔거든요. 물론 남들보다 성장 속도도 더디고 이룬 게 별로 없긴 하지만, 어쨌든 지금껏 살아왔거든요. 죽지 않고 잘 버텨왔거든요.

문제될 게 없는데 자꾸 문제라고만 생각하니까 문제가 된 것 같아요. 오히려 제게 주어진 것들에 대해 너무 평가절하한 것 같아요. 그리고 가지지 못한 것을 지나치게 과대평가하고 있었던 것 같고요.

이제 다시 천천히 나를 돌아보고 주변을 둘러봐야겠어요. 게으르고 우울하고 감정 기복 심한 게 과연 잘못된 건지, 나 스스로 못났다고 생각한 것이 진짜 못난 거였는지, 단조로운 일상을 굳이 변화시킬 필요가 있는지, 사람들은 정말 나에게 관심을 가지지 않았는지, 내게 주어진 삶에서 소중한 것들은 무엇인지…. 지금부터라도 다시 그 의미를 찾아보려고 합니다. 조급해지지 않으려 합니다.

이제 그만 자러 가봐야겠네요. 오늘은 부디 불면증 없이 편히 잠들기를 바랍니다. 모두 오늘 하루도 버티시느라 고생하셨고요, 내일도 잘 견뎌봅시다.

지금까지 이모르였습니다.

네 마음이 지쳐 보여서

그림을 그렸어.

선물이야.

우울함이
내 개성이라면

초판 1쇄 발행 2020년 11월 10일

지은이 이모르
펴낸이 조윤지
P R 유환민
책임편집 박지선
디자인 ROOM 501

펴낸곳 | 책비(제215-92-69299호)
주소 (13591) 경기도 성남시 분당구 황새울로 342번길 21 6F
전화 031-707-3536
팩스 031-624-3539
메일 readerb@naver.com
포스트 post.naver.com/readerb

'책비' 페이스북
www.FB.com/TheReaderPress

책비(TheReaderPress)는 여러분의 기발한 아이디어와 양질의 원고를 설레는 마음으로 기다립니
다. 출간을 원하는 원고의 구체적인 기획안과 연락처를 기재해 투고해 주세요.
다양한 아이디어와 실력을 갖춘 필자와 기획자 여러분에게 책비의 문은 언제나 열려 있습니다.
· readerb@naver.com